멈춰!
이제 네 차례야
Stop! your turn

멈춰!
이제 네 차례야

Stop! your turn

홍수정 소설

개미

앞만 보고 달리다 상처 입은
영혼들의 자가치유 기록

늙어가는 건가?

요즘은 십대들도 늙고 있다는 말을 쉽사리 한다. 사정을 듣고 보면 그들도 하루가 버겁고 힘들 것이 눈에 선하다. 모든 삶이 만만치 않다. 쉽게 가는 길은 없는 듯하다.

자라고 있는 건가?

성장기가 지나면 우리는 성장하지 않는 걸까?

성장기가 지나면 우리는 왜 늙는다고 생각하는지?

가만히 들여다보면 우리는 계속 자라고 있다. 나는 분명히 계속 자랐고 많이 성장했다. 힘들었던 매 순간! 내가 멈출 수밖에 없었던 그 순간!

나는 변했고 성장했다. 나는 한 번도 늙은 적이 없고 성장해왔다.

누구나 멈추어 보면 안다.

정치적 격변의 시기에 대학생활을 한 덕에 신입생 시절부터 졸업할 무렵까지 최루탄의 맵고 독한 맛에 익숙해 있었다. 그 시절 "사는게 참 맵고 독하구나." 했다. 그래도 나는 승리하는 역사 경험 속에서 성장했다. 그래서인지 "하면 된다!"는 자신감이 뼛속에 새겨진 느낌이다. 삶의 우여곡절 속에서도 나는 살아남았고, 잘 살고 있다. 앞으로도 잘할 수 있다는 자신감과 희망이 마음속에 있다.

데모하느라 시험 거부며 수업 거부를 밥 먹듯이 했어도 졸업장을 받았고, 졸업하면서 대기업과 중견기업 추천서가 과사무실에 쌓여있던 경제적 호황기에 사회생활을 시작했다. 졸업 후 인권이나 환경 이슈에 집중하는 것도 청춘의 멋이었다.

그런데 요즘 일하면서 만나는 청춘들은 환경 이슈가 그들의 생존이 되어있다. 대학만 가면 천국 문이 열렸던 우리 세대와 달리 MZ세대들에게는 취업 전쟁이라

멈춰! 이제 네 차례야

는 지옥문이 열렸다. 친구들과 술마시고 어울리느라 바빴던 나와 달리 대학에 가서도 취업 준비하느라 도서관을 떠나지 못했고 학점에 목숨 걸어야 했다. 몇 년 전까지는 졸업 후에도 대출받은 학자금 갚느라 청춘이 가난하다는 뉴스가 종종 나왔고 3포세대라는 말도 생겼다. 포기해야 하는 게 3가지나 된다. 그것도 연애, 결혼, 출산 같은 생명의 본능적인 요구들이다.

참 쉬운 삶이 없다.

굳이 비교를 해보자면 아날로그의 거친 세상에서 살았던 〈나의 세대〉가 MZ세대보다 행복지수가 높을 것 같다.

1985년도에 대학에 입학한 나는 베이비붐과 X세대 사이에 낀 세대다. 생존에 대한 절실함은 베이비부머들보다 약하고 욕망의 추구나 자유로운 감성 표현에 있어서는 X세대에 미치지 못한다.

20년 만에 발견한 원고 뭉치 속의 인물들은 그래서 그런지 갈팡질팡이다.

작은 유방 콤플렉스를 끌어안고 멈칫거리다 삶이 꽉

막혀버린 호영!

　화장실에 앉아 불통의 시간이 끝나기를 기다리지만 "내 마음에서 놓아주지 않는 것은 떠날 수 없기에" 호영은 결국 〈여자들 유방 연구〉라는 기이한 주제에 집착했고, 너무 지쳐 아무것도 할 수 없는 바로 그 순간!

　마음속에 흐르는 붉은 눈물을 보며 자신의 아픔을 받아들인다.

　요즘 세대들이라면 카페나 유튜브에 '납작 가슴을 가진 여인의 사랑'이라는 제목으로 자신의 약점을 활용한 고객 마케팅을 시도하지 않을까? 혹은 당장 성형외과로 달려갔을까?

　생명공학자였던 구씨는 아내를 살리기 위해 복제인간을 만들었지만, 아내를 살리지 못하고 산송장 같은 모습으로 청수마을에 나타난다. 머리가 다 빠질 정도로 고통받았던 구씨는 청수마을에서 농삿일을 돕는 일꾼으로 살다 다시 절망에 빠진다. 종자까지 몽땅 도난당해 아무것도 할 수 없는 상태가 된 것이다. 그 순간 구씨는 생명공학 기술을 이용해 자신을 옥수수 씨앗으로 바꾸게 된다. 비가 많이 오던 날 스스로 흙 속에 묻

　　　　　　　　　멈춰! 이제 네 차례야

힘으로써 구씨는 자신의 가치를 찾을 수 있었다.

환경단체 연구원인 '나'는 마산포로 출장 가는 날 기묘한 상황에 휘말리게 된다. 그곳에서 마주친 '미친 남자'는 고향의 모습이 시화호 개발로 사라지는 것이 싫다. 그래서 몸을 던져 막으려 하지만 미친놈 같은 기행만 하게 된다. 경찰을 피해 달아난 그는 결국 골목에 앉아 지는 해를 바라보며 멈추어 있다.

'나'는 그 '미친 남자'에게 묘한 동질감을 느낀다.

소중한 것을 보내야 할 때! 내면에서 미친 듯이 날뛰는, 사나운 그것은.

소중했던 만큼 더 미친 듯이 날뛰다 때가 되면 차츰 비워지리라. 그래서 멈추어 그저 지는 해를 바라보기로 한 것일 수도…….

지귀의 전설은 두렵기도 하지만 낭만적이기도 하다.

누군가를 죽도록 사랑한다는 것은 그 사랑이 내 것이 안될 때 당사자들이 죽어도 된다는 뜻일까?

죽도록 사랑해!

그말이 영화나 드라마의 대사로 등장하면 낭만이고

열정인데, 뉴스에 나올 때는 치정 살인된다.

예리는 식물 유전자를 연구하는 연구원이다. 식물의 행동성은 사람들이 상식적으로 알고 있는 것 이상이다. 식충 식물을 몰래 반입한 박 선배는 아내의 외도를 응징하는 도구로 '그것'을 사용했다. 경찰은 아무런 증거도 찾지 못했고. 박 선배의 만행을 눈치채고 비난하던 예리는 사랑하는 그와 영원히 함께하기 위해 박 선배가 했던 방법대로 그를 식물 안에 가두고 자신도 그 먹이가 된다.

권씨와 김 과장은 경복궁 전철역에서 마주쳤다. 김 과장은 착한 여자다. 권씨도 성실하게 살아온 평범한 가장이었다.

그런데 둘 다 쉴 틈없이 달리기만 했다. 일일이 헤아릴 수도 없는 많은 상처, 깊은 상처에 김 과장과 권 노인은 고통받고 있었다. 결국 그들은 뒤늦게 '부상자 호송열차'에 타기로 한다.

우리는 지나치게 앞만 보고 달렸다. 가끔은 멈추어 주변을 돌아보아야 했다. 특히 나를 돌보아야 했다.

내가 만든 사소한 작품이 유니크한 상품이 되고, 작품이 되는 세상이다. 유명한 디자이너의 작품만 팔리고 인정받는 시대가 아니다. 누구나 주인공이 되고, 어떤 것이든 작품과 상품이 되는 세상!

다양성 속에서 나를 어떻게 표현할까?

멈출 때 나의 독특함이 드러난다. 남들이 달릴 때 같은 길로 달리다가 잠시 멈추라.

나의 아픔을 돌보고,

나의 소망,

나의 열정,

나의 꿈들을 항상 바라보고 응원해야 한다.

멈춘 시간은 성장을 기대하는 준비하는 시간이다.

이제 네 차례야!

2021년 설날. 코로나 덕분에 가족모임에 참석하는 대신 대청소를 했다. 그러다 잃어버렸다고 생각하고 포기했던 원고 뭉치를 발견했다.

신축년 벽두에 로또를 맞은 기분이었다.

오랜 시간이 지나다보니 내가 쓴 글이 낯설었다. 독

자의 입장에서 읽을 수 있었다. 재미있었다. 머리가 뜨끔하게 놀라운 장면들도 있었다.

무엇보다 20년 전인데 지금 내가 하고 있는 일과 맥락이 통하는 작품들이었다는 사실에 놀랍고 신기했다. 그래서 부족하나마 출판해보자는 용기를 냈다.

오랜만에 읽은 단편 속의 인물들의 모습이 며칠이고 내 생각 속에서 떠나지 않았다. 절망의 순간은 혼돈스럽고 공포스럽다. 대면하기 힘들고 그 순간에는 정체도 불분명하다. 죽을 듯이 괴롭기도 하고 속으로 병들기도 한다. 그들의 절망에 공감하기가 무서워지기도 했다. 마음이 편치 않을 때 이 책을 읽지는 마시길…….

이 습작들은 1998년부터 2007년 사이에 쓰고 수정하길 반복했다. 그래도 부족함이 있다. 부족한 작품을 책으로 결실할 수 있게 되어 너무 감사한 마음이다. 소설을 출판해주신 개미출판 최대순 시인님과 소설 출간에 힘이 되어준 분들께 진심으로 감사드린다.

습작과 출간 사이의 20년은 나에게 슬픔과 공포를 배우는 소중한 시간이었다. 그 결과 나는 넓어졌고 자랐다. 나는 성공하는 삶을 살고 있다.

멈추어 보면 안다.

STOP! your turn!

이제 당신이 세상의 중심이다.

2022년 3월 천안에서

홍수정

차례

당신의 유방을 찍어드립니다

여자는 날씬한 체격에 비해 유방이 큰 편이다. 살갗에 달라붙는 셔츠가 그녀의 불룩한 유방을 더 커 보이게 했다. 옷을 벗었을 때는 유방을 달고 다니기 무겁겠다는 생각이 들었는데, 옷을 입고 난 모습은 가슴께를 갑옷으로 무장한 것처럼 둔해보였다.

여자가 브라의 고리를 채우기도 전이었다. 출입문이 열렸다. 한 뼘쯤 벌어진 틈으로 검고 긴 머리카락이 보이고 우윳빛 이마와 콧잔등, 까만 눈이 따라 들어왔다. 연구실을 탐색하던 눈길은 티셔츠에 머리를 집어넣느라 두 팔을 올리고 있는 여자의 가슴에서 멈췄다.

안을 들여다보던 여자는 어느새 방안으로 들어왔으

나, 아직 문고리를 잡고 있다. 앳되어 보였다. 문고리를 잡은 손등에 가는 뼈마디가 드러나 있다.

"들어오세요. 괜찮아요."

나는 미소를 지으며 긴 머리 여자를 향해 손목을 까딱거렸다. 그녀는 어깨를 움츠리더니 문고리를 놓고 손바닥을 바지 옆자락에 쓰윽 문질렀다. 긴 머리를 귀 뒤로 넘기고 고개 숙여 인사했다.

"일학년이에요?"

"아뇨. 이학년요."

그녀는 모기보다 작은 소리로 대답했다. 옷을 다 입은 여자는 긴 머리 여자를 힐끗 보더니 샤워를 끝내고 머리를 말리는 것처럼 두 팔을 올려 머리를 털었다. 그녀의 무게 중심은 여전히 가슴에 있었다.

"이제 가도 되죠? 돈은 지금 받아가나요?"

"잠깐만 기다리세요."

나는 가방에서 봉투를 꺼내 그중 이만 원(1990년. 학생들에게 2만 원은 1주일 용돈으로 넉넉한 수준이다.)을 여자에게 주었다. 여자는 그 돈을 받아들고 뿌듯한 표정으로 나갔다. 긴 머리 여자는 내가 돈을 건네는 광경을 줄곧 지켜보더니 목소리가 조금 커졌다.

멈춰! 이제 네 차례야

"오 분이면 되죠? 옷을 다 벗어야 되나요?"

"아니. 윗도리만 벗고 여기 서 있으면 돼요."

나는 칸막이의 사각 구멍을 가리켰다. 구멍은 여자의 견갑골에서부터 배꼽 바로 아래까지가 보이도록 만들어 놓았다. 여자의 체격에 정확하게 들어맞을 것 같았다.

나는 설문 조사지를 꺼내 책상 위에 놓고 여자에게 말했다.

"이거 먼저 할래요?"

여자는 설문지를 받아들고 훑어보더니 얼굴이 밝아졌다.

"어머, 여성학과는 재밌겠다. 이런 연구는 정말 필요하다고 생각해요."

여자는 연구주제를 처음 보는 것처럼 굴었다. 도서관 휴게실이나 다른 알림판에서 이미 보고 온 것이 아닌가? 그녀가 날 보고 웃으므로 나도 살짝 웃었다. 그렇지만 얼굴 근육이 방금 풀 먹인 모시옷같이 부자연스럽다.

책상을 내주자 여자는 흘러내린 머리를 귀 뒤로 넘기고, 머리카락의 무게 탓인 양 고개를 한쪽으로 기울인 채 설문지를 읽는다.

〈유방의 크기와 심리적 만족감의 상관성 연구〉

여자는 열두 가지 질문에 밑줄을 그어가며 읽고 시험 답안을 작성하듯 진지하게 써 나갔다. 나는 한숨을 쉬었다. 4일째인데 겨우 세 명. 그나마 오늘 두 명이나 찾아온 것은 지난 나흘에 비하면 성황인 셈이다. 적어도 스무 명, 아니 열 명 정도는 찍어야 통계를 낼 것이 아닌가. 통계는 고사하고 유형별로 한 장씩의 사진도 없다. 뭔가 다른 방법을 써야 하지 않을까?

구멍 안의 커튼이 계속 들썩이더니 결국 영호가 덥수룩한 머리칼과 잠에 겨운 눈꺼풀을 내밀고 만다. 나는 기겁을 해서 칸막이 안으로 들어가 온갖 험한 인상을 써가며 인내심 박약에 철없는 남자를 단속했다.

다행히 눈치를 채지 못한 여자는 망설임 없이 웃옷을 벗기 시작했다. 가는 끈이 달린 흰색 란제리만 입은 채 겉옷을 개어 책가방 위에 얌전히 올려놓았다. 그녀의 느긋한 동작을 보노라니 실내가 후텁지근하게 느껴졌다. 매끈하고 뽀얀 팔뚝이 귀여웠다. 브라의 오른쪽 어깨 끝을 내리다 나와 눈을 마주치자 입술을 조물거리며 뒤돌아서서 왼쪽 끈을 내렸다. 나는 칸막이 안으

멈춰! 이제 네 차례야

로 들어가 영호에게 준비하라는 손짓을 했다. 그는 짜증내던 얼굴과는 딴판으로 큰 입을 벌죽거리며 신이 올랐다. 밖에서 여자의 목소리가 들렸다.

"언니, 사진도 언니가 찍는 거죠?"

나는 더듬거리며 그렇다고 대답하고, 가슴을 대는 그 구멍으로 얼굴을 내밀었다. 그녀는 두 팔을 엑스 자로 만들어 가슴을 감싸고 있다.

"자. 얼굴을 돌려서 볼을 대고 가슴을 이 구멍에 바싹 붙여. 엑스선 촬영할 때처럼 말야."

여자는 내 얼굴을 확인하고 나서야 가슴을 댔다.

여자의 유방은 유방이라고 부르기에 어울리지 않을 만큼 미숙했다. 어쩌면 세미나실 창으로 쏟아지는 햇살 탓인지도 모른다. 저런 가슴을 복숭아에 빗대는 이유는 아마도 그 동그름한 모양 때문일 수도 있겠고, 아니 그보다는 빛깔 때문인지도 모른다. 유두는 수채화 물감을 연하게 풀어놓은 것 같은 투명한 핑크빛이었다. 계속 들여다보고 있자니 그것이 사람의 살가죽이라고는 생각되지 않았다. 티끌 없이 깨끗한 상아접시에 작은 구슬을 하나 얹은 듯해서 빛의 각도에 따라 주변을 연하거나 진한 핑크빛으로 물들이는 것 같다. 그 안에는 아직 발달하지 않은 유선이자 지방세포가 아니라 안개 긴 호수에 빈 조각배가 떠 있을 것 같은 지나치게 비현실적인 유두였다.

찰칵. 차르르르. 찰칵.

셔터 소리가 연이어 들리자 그녀는 가지런히 내리고 있던 팔을 조금씩 움직이더니 안을 들여다볼 듯 한 걸음 물러났다. 나는 소스라치게 놀라 그 사각의 구멍으로 다가갔다. 연속촬영을 하던 카메라가 신경질적인 침묵에 들어갔다. 필경 카메라의 마지막 몇 커트는 나의 밋밋한 뒤통수를 포착했을 것이다.

"언니. 팔을 어떻게……."

그녀가 구멍 안으로 얼굴을 내밀려는 순간이다.

"아냐. 움직이지 말고 그대로, 그대로 있어."

나의 외침에 그녀의 유방은 곧 정지된 포즈로 돌아갔다. 나는 숨을 내쉬고 셔츠의 앞자락을 부채질하듯이 들썩거렸다. 가슴팍으로 땀이 한줄기 흘러내렸다. 그녀의 자세가 고정되자 나는 다시 뒤로 물러서려다 앞으로 흘러내린 머리카락 몇 가닥이 눈에 거슬려 뒤로 넘겨주려고 손을 뻗었다. 그녀가 어머, 하며 놀라더니 팔로 가슴을 감쌌다. 나는 머리를 뒤로 넘기라고 말

멈춰! 이제 네 차례야

하며 뒤로 물러섰다. 그녀는 팔을 움직여 귀 뒤로 머리를 넘기는 듯이 올렸다가 두 손으로 긴 머리를 가지런히 내려놓았다. 구멍 안의 상아색 팔뚝과 연분홍의 구슬이 술렁거렸다.

그녀의 자세가 고정되자 나는 목청을 가다듬고 뒤로 물러 나왔다. 영호는 카메라든 손을 축 늘어뜨리고 다른 손은 가슴을 가려 다비드상 흉내를 냈다. 청바지를 찢어 만든 반바지 아래로 무질서하게 자란 다리털이 무성하다. 저 큰 덩치에 하는 짓이라니……. 나는 눈에 힘을 주며 어서 찍으라고 손짓을 했다. 다시 이어지는 셔터 소리. 정면에서 찍고 앞으로 다가가 왼쪽과 오른쪽의 유방만 크게 찍고, 아래에서 위로 찍고 칸막이에 바싹 붙어서 찍고……. 카메라는 정성을 들여 그녀의 유방을 더듬었다.

시간이 얼마나 지났을까. 나는 카메라를 톡톡 두들기며 시계를 가리켰다. 영호는 검지손가락을 들어 보이더니 계속 셔터를 눌렀다. 한방만 더 찍는다는 뜻인지 조용히 하라는 뜻인지 알 수 없었지만 나는 거칠게 그의 어깨를 때렸다.

"수고하셨습니다."

커튼을 열고 밖으로 나가자 여자는 어느 틈에 옷을 집어들고 앞가슴을 가리고 있었다. 그리고 흘러내린 머리를 귀 뒤로 쓸어 넘겼다. 그녀의 긴 머리는 앞으로 쏟아져 내리기 위해 존재하는 것 같았다. 그녀는 이만 원을 받아들고 더없이 기쁜 표정으로 나갔다.

그녀가 나가자 나는 몹시 피로해져 의자에 털썩 주저앉았다. 책상에는 두 번째 여자가 작성한 설문지가 놓여있다. 직업, 학생, 나이, 20, 당신의 유방은 크다고 생각하나요? 그녀는 '아니요'에 동그라미를 쳐놓고 그 옆에 불필요하게 중간이라고 괄호를 쳐서 써넣었다.

"나가도 돼?"

영호가 커튼 밖으로 얼굴을 내밀었다.

"그냥 있어라 좀."

앙칼진 대꾸. 짜증과 피로감이 폭발했다.

"다리 아파 죽겠다."

주눅든 목소리.

"바닥에 앉아있어. 어차피 네 일이잖아."

그 역시 뭔지 모를 불만이 가득 찼다.

"야. 내 일인데 왜 네가 그만 찍어라. 말아라 하니? 돈도 똑같이 냈잖아."

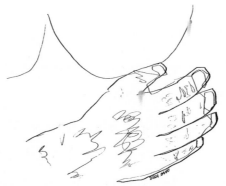

당신의 유방을 찍어드립니다

"웃기지 마. 연구실도 내가 빌렸고, 포스터도 내가 붙였어."

"뭐? 포스터를 네가 붙여? 오늘 온 여자들이 그 포스터 보고 온 줄 알아? 그걸 보고 누가 와. 도와주세요? 논문을 쓰는데 사진이 필요합니다? 눈에 띄지도 않잖아."

"그게 무슨 소리야?"

나는 그를 쏘아보았다. 얼굴만 삐죽 내밀고 있다. 커튼에 싸인 모습이 해괴망측하다. 수염이 풍성한 남자가 모조 젖꼭지를 물고 요람에 누워있는 괴상한 일러스트가 떠올랐다. 다 자란 프리다 칼로가 흑인 유모의 젖을 빠는 그림도 떠올랐다. 영호가 막 커튼 밖으로 나오려는 데 누군가 노크를 했다.

이번에는 두 명의 여자가 소리나게 낄낄거리며 들어왔다.

"여기서 유방을 찍어주나요?"

찍 · 어 · 준 · 다 · 고?

여자들은 나를 찬찬히 뜯어보았다. 나로 말하자면 목을 조일 듯이 바싹 올라온 라운드 티를 풍성하게 엉덩이까지 늘어뜨려서, 훑어보아야 몸매라던가 가슴의 크기 따위는 짐작도 할 수 없는 옷차림을 하고 있었다. 여자들은 조금 실망한 듯한 표정이더니 재차 여기서 유방을 찍어 주냐고 물었다.

나는 유방을 찍어서 사진을 주는 게 아니라 논문에 필요한 유방 사진을 찍도록 모델이 돼 주면 이만 원을 준다고 설명을 했다. 그녀들은 고개를 갸웃거리더니 신촌역에 붙은 포스터에는 분명히 이만 원과 자기 유방 사진을 준다고 쓰여 있었다고 둘이 마주보며 중얼거렸다. 나는 신촌역에 포스터를 붙인 적이 없었다. 그때 커튼이 표나게 펄럭거렸다. 영호가 뭔가 색다른 포스터를 붙인 게 분명했다.

의논도 없이 그런 짓을 하다니…….

화가 치밀었으나 모델이 많아진 것을 위안 삼기로 마음을 먹었다. 두 여자는 설문지를 작성하면서도 연신 낄낄거렸다. 태도가 마음에 들지 않았다. 여자들의 옷차림도 내가 예상한 설문대상과 거리가 있어 보인다.

유행하는 차림새임에는 분명한데, 제복을 입고 있는 것 같은 인상을 준다.

나이도 가늠할 수가 없어서 첫눈에는 이십대 중반으로 보였다가 볼수록 어려 보여 고등학생처럼 보이기도 했다.

원피스를 입은 여자는 소매만 밖으로 빼서 허리 아래까지 내린 채 사진을 찍고, 한 여자는 웃옷을 벗고 사진을 찍었다. 여자들은 주소를 남기고 나의 연락처를 챙겨 돌아갔다. 영호가 커튼 밖으로 나와 말했다.

"어때. 내 방법이 효과 있지?"

"저런 여자는 내가 원하는 타입이 아냐."

나는 설문지를 훑어보며 말했다.

"뭐야? 저 여자들 유방은 뭐 특별하냐? 아님 니가 상대하는 부류들 유방이 특별한 거냐?"

……

대꾸가 없자 그는 혼자 중얼거렸다.

잘난 척하기는, 쳇…….

잠시 후 꽤 세련된 외모의 여자가 찾아왔다. 그녀는 나에게 누드 사진은 안 찍느냐고 묻기까지 했고 자신의 유방 사진을 가질 수 있다는 것에 대해서 상당히 들떠있는 것 같았다. 연이어 모델 지망자가 또 찾아왔고 그 여자가 돌아가자 나는 견딜 수 없이 피로했다. 마무리를 서둘렀다. 나와 달리 시간이 지날수록 원기 왕성해지던 영호는 노골적으로 투덜거렸다. 그래도 나로서는 불가항력이다. 아마도 일주일째의 변비 때문일까? 그 때문에 이토록 무력해질 수 있는 건가? 그게 아니라면……

오늘 아침에는 진짜 나올 것 같았다. 하지만 그뿐, 도서관에 올라올 때는 한 뼘 정도는 나와서 엉덩이에 매달려있는 것 같아 혼비백산했는데, 그러다 그만이었다.

"우욱! 신이시여!"

오기로 힘을 한 번 주어보는데, 두 손마저 가슴께로 올라와 합장을 하고 있었다. 대학에 합격한 후로 이것이 처음이다. 기도라는 것. 기가 막혀서 웃음이 나오다가 눈물도 질금거린다. 이 불통의 증상만 해결된다면 변기의 신에게라도 예배를 올릴 수 있겠다.

황당하기 짝이 없는 생각이다.

"휴우……"

신경을 너무 써서 그런지도 모른다. 다른 생각을 하자, 다른 생각을.

심호흡을 하면서 고개를 들자 문짝의 낙서가 눈에 들어온다. 언제나 눈이 돌게 빽빽한 낙서. 이 낙서들은 청소부의 권한 밖인지 지워지는 일이 거의 없다. 그것도 이상한 일이기는 하다. 공중화장실의 낙서는 생기기 무섭게 지우는 것 같은데.

어쨌거나 그 덕분에 내가 붙인 〈도와주세요〉는 거의 손상되지 않고 있다. 그 아래 붙인 〈여러분도 이런 경험해 봤나요? 솔직히 말해주세요. 제발〉이 거의 한 달을 —너덜너덜해졌지만— 버텼으니, 〈도와주세요〉의 안위는 걱정하지 않아도 된다.

〈도와주세요. 여성 관련 논문을 쓰는데 모델을 모집합니다. 모델료도 드립니다. 연구 주제는 여성의 유방의 크기와……〉이 대목에서 커다랗게 원을 그려놓고 —시험지 채점할 때 그리는 동그라미처럼— 쭉 선을 이어 '와 재밌게따. 열심히 하시길……'이라고 써 놓았다. 그 글 아래로 더블유 자 모양의 유방을 그리고 유두를 의미하는 점을 콕콕 찍어놓았다. 〈도와주세요〉에는 낙서도 이렇게 단순한데 비해 〈여러분도……〉는 종이가 모자라 문에까지 줄을 그어놓고 난상 토론을 벌여놓았다. 〈여러분도……〉의 요지는 임신중절수술을 해보았냐는 것이다. 혹은 주변에서 보고 들은 것들까지 써달라고 되어있다. 그리고 제발! 제발! 이라고 부탁해놓았다. 제발! 제발! 덕분인지 그 종이에는 '끔찍해'라는 단순한 기록부터 이건 내 친구의 얘긴데……로 시작하는 사연과 결론부터 말하자면 좀 더 개방적이고 안전한 시설이 필요하다는 기록도 있고, 이런 얘기는 처음 하는 것이지만 연구에 필요하다니 모든 걸 밝히겠다며 깨알 같은 글씨로 적어놓은 것도 있다. 나는 몇 줄 읽다 눈이 아파서 눈을 감고 변기 등받이에 기댔다.

옆 칸에 들어온 여자가 볼일을 보고 거침없이 물을 내리고 나갔다. 내 앞에서 순서를 기다리던 여자가 그 칸으로 들어갔다. 누군가 다시 들어오는 발소리가 나더니 마침 내가 들어있는 칸을 노크했다. 나는 주저하지 않고 말했다.

"저기요. 제가 좀 오래 걸릴 것 같거든요. 옆 칸에서 기다리는 게 빠를 거예요."

내 목소리가 막 성찬을 만끽한 중년 여자 같아 깜짝 놀란다. 그런데 의외의 대꾸다.

"너 호영이 아니니?"

"누구세요?"

나는 원래의 내 목소리로 물었다.

"이 자식이 내 목소리를 벌써 잊어?"

"……언니!"

하마터면 문을 활짝 열 뻔했다.

"학교에는 웬일이에요? 언제 왔어요?"

그녀는 나의 은사다. 이학년 때부터 박사과정에 있던 그녀의 강의를 들었으니 교수님이라고 불러야 마땅했다. 그래도 친해지고 보니 교수님 소리가 더 어색했다. 대구의 한 대학에 전임강사가 되어 내려간 뒤 만나지 못했었다. 그녀는 옆 칸으로 들어가 볼일을 보면서도 입을 다물지 않는다. 교재 집필 때문에 상경했노라, 휴게실에서 잠깐 보자고. 그녀가 내리는 물소리가 시원했다.

미련을 버리고 무거운 몸을 일으키자 눈앞에 5년간 시달린 지겨운 질문이 다가온다.

〈남자친구가 sex를 원해요. 해야 할까요 말아야 할까요.〉

저런 고민은 이 넓은 여대의 화장실마다, 해가 가고 사람이 바뀌어도 언제나 볼 수 있다. 대학생활의 통과의례라도 되는 것일까. 대답은 또 왜 그렇게 해가 바뀌어도 천편일률적일까. 망설이지 말고 하세요, 라는 답과 그 남자는 당신을 진정으로 사랑하는 게 아닙니다. 진정으로 사랑한다면 지켜줘야죠, 라는 답이 나란히 쓰여있다. 그리고 고민하던 그 여학생이 어쨌다는 결과는 한결같이 보고되어있지 않았다. 나는 낙서를 읽을 때마다 저 여자가 어떻게 했을지 궁금했다. 오늘도 역시 그랬다.

잘된 일이다. 영주라면 〈유방연구 프로젝트〉에 대해 좋은 조언을 해줄 수 있을 테니까. 연구계획안을 들고 내려오면서 휴게실로 들어서자 음식 냄새와 쓰레기통에서 나는 달차근한 냄새가 섞여 곧 토할 것 같은 기분이 된다. 입을 틀어막는데 진짜 토악질이 날 것 같다. 숨이 멎는다. 그럴 리가 없다. 분명히 콘돔을 썼는데.

내가 그와 함께 장흥에 가기로 한 것은 그를 사랑한다고 믿었기 때문이었다. 내가 망설이다 가겠노라 고개를 끄덕였을 때 그것이 무엇을 뜻하는지 그도 눈치 빠르게 알아들었다. 우리는 처음이었고 그래서인지 분위기는 유난히 어색했다. 나는 거의 벙어리처럼 그가 하는 말에 고개만 끄덕였고 그는 평소보다 두 배 정도 많은 말을 했다. 태연한 척해도 그 역시 긴장하고 들떠 있는 것 같았다. 잡고 있는 손에 땀이 자주 배었다.

이른바 러브호텔이라는 곳의 낯선 분위기도 나를 주눅들게 했다. 그가 방을 잡는 동안 나는 어항 속의 금붕어 숫자를 세고 또 세다 그다음에는 바닥에 깔린 붉은 카펫만 보다 엘리베이터 안에 탔을 때는 어디에 시선을 둘지 몰라서 그의 뒤로 자꾸 몸을 숨겼었다. 나비넥타이를 맨 남자가 한쪽 팔을 벌려 엘리베이터에 모시지만 않았어도 얼굴이 빨개지지는 않을 수 있었을 것이다. 엘리베이터에 거울이 그렇게 많다는 사실은 그때 처음 알았다. 아니 깨끗하게 손질된 은색 알미늄판 자체가 그대로 거울이었다. 그는 제법 능숙하게 구는 것 같았고, 나는 어색함을 감추지 못하고 주눅드는 내 모습이 촌스러운 것 같아 방안에 들어서서는 자못 당당하게 "내가 먼저 씻을게."라고 말하고 욕실로 들어가 옷을 벗었다. 옷을 다 벗고 심호흡을 한 다음에 샤워기를 드는데 방에 있던 그가 예고도 없이 알몸으로 들어오는 것이었다. 준성이 다가와 내 몸을 만지기 시작했다. 입술로 얼굴을 더듬고 목과 가슴으로. 그러더니 말했다. "너 가슴이 참 작구나. 거의 없는 것 같아." 나는 그게 무슨 소린지 판단이 서지 않았다. 생각 자체가 불가능한 상황이었다. 그다음에는 어떤 일이 어떻게 벌어졌는지 잘 기억할 수가 없다. 나는 그가 하는 대로 나를 맡겼고, 내가 한 일은 그에게 콘돔을 하나 건네준 것뿐이었다. 이른바 sex라는 것을 끝내고 나서도 나는 한참 아무 생각도 할 수 없었다. 단지 이 방에 들어올 때까지 기대에 들떠 감격의 얼굴을 하고 있던 그가 싸늘해져 있다는 것만 느낄 수 있었다. 그가 던진 마지막 한마디가 나마저도 싸늘하게 만들어버렸다. "왜 그렇게 긴장해? 처음도 아니면서."

돌아오는 차 안에서 두 사람은 약속이나 한 듯이 입을 다물었다. 그가 처음이 아니라고 단정한 이유는 아무래도 혈흔이 없어서인 것 같았다. 그러나 그게 왜 없는지는 나도 모를 일이고, 없는 경우도 있는 모양인데 그렇다고 그에게 처음이라며 강변하는 것도 우스웠다. 무엇보다도 나는 어딘가 어둑한 방에라도 가서 한바탕 울고 싶은 심정에 목이 메어 말을 할 수도 없었다. 그날 밤은 물론이고 그다음날도 그는 전화 한 통 하지 않았다.

"얼굴이 엉망이네? 변비 때문이니?"

영주는 낄낄거렸다. 그녀는 낄낄거리는 모습마저 당

당하다. 호탕한 성격에 애인을 한 열 명쯤 달고 다니나 싶었는데 결국 결혼은 애가 둘이나 딸린 홀아비와 했다. 그 남자는 외모도 신통치 않았다. 하지만 영주가 선택했다는 이유만으로 나에게 그 홀아비는 대단한 사람으로 여겨졌다. 그녀는 어떤 식으로 살던 멋있어 보이는 사람이었다. 그녀와 마주하자 어쩐 일인지 나는 한바탕 눈물이 쏟아질 것 같아 서둘러 설문지를 내보였다. 그리고 설명을 덧붙였다.

여성 관련 논문 대회에 출품할 논문을 쓰는 중이며, 사진 전공한 친구가 마침 유방 사진전을 계획하고 있어서 모델료를 반씩 출자해 여자들 유방 사진을 찍고 있다. 그런데 설문 대상이 이십대 초반으로 한정되어 있다는 점이 한계이다, 이런 정도의 설문 내용도 학술 논문의 자료로 사용할 수 있는지 검토해 달라고.

"유방을 유형화하는데 꼭 사진을 찍어야 해? 성형수술 광고도 아니고 학술논문이라면 그림 정도가 더 어울릴 것 같은데…… 모델료까지 주다니 배보다 배꼽이 더 큰 것 아냐?"

나는 돌연 얼굴이 달았다.

그림이 더 어울린다? 적지 않은 모델료? 영주의 지

적은 제대로 된 것이었다. 하지만 나는 사진을 고집했다. 왜? 왜 사진을 찍기로 결정했던가?

"……."

치사한 음모를 들킨 사람처럼 낯뜨거워졌다.

"짜아식. 왜 그렇게 긴장해. 잘못했다는 건 아니다. 사진이 훨씬 흥미롭기는 하다. 그 과정도 재미있을 것 같고. 사진 찍히고 찍는 그 행태 자체를 서술하고 약간의 논평만 해도 재미있겠어. 일종의 깜짝 퍼포먼스라면 말이다. 어때? 너도 그런 생각이었던 게냐? 이거상당히 도전적인 걸? 유방을 만천하에 드러내다. 음, 멋져."

그녀는 언제나 그랬듯이 좋은 점만 추려 상대에게 자신감을 심어주었다. 나는 그녀의 그런 점이 좋다.

"사진이 훨씬 실감날 것 같아서요. 그림은 아무래도 그리는 사람의 선입견이 작용하잖아요. 그리고 설문조사를 해보면 알겠지만 자신의 유방이 크다고 생각하는 사람도 실제로는 중간 정도라거나 아니면 작다고 생각했는데 보통보다 크다거나 그럴 수 있어요."

어설프게 장단을 맞춰보지만 나는 누명에서 벗어나려는 죄인처럼 주눅 들어있었다. 그녀는 이미 읽고 있는지도 모른다. 뒤통수에 눈이 달린 노련한 감독처럼 사람의 마음을 꿰뚫는 안목. 하지만 나도 알 수가 없다. 숱한 유방을 들여다보는 것이 어찌하여 죄의식을 갖게 하는지.

"짜식, 유방에 꽤 자신 있는 모양이다. 아니면 어떤 콤플렉스인가?"

영주는 장난스럽게 내 가슴을 훑어보았다. 그 순간 나는 영주의 손에 들려 있는 논문개요를 뺏어버리고 싶은 충동을 느꼈다. 영주는 시계를 들여다보더니 내일 오전에 자신도 유방 사진을 찍는 모델이 되겠다며 일어섰다.

"모유로 애를 키운 여자의 유방도 필요하잖아. 사진은 잘 찍겠지? 자기 유방을 찍어서 가지고 있는 것도 재미있을 것 같아. 기왕이면 멋지게."

나는 그녀가 농담을 하는 건가 싶었다.

"사진은 잘 찍어요. 그런데 유방집착증인 것 같아요."

그녀는 눈을 동그랗게 뜨고 장난스럽게 말했다.

"남자야? 찍사가? 하하. 얘, 남자들은 다 유방집착증이야."

돌아서는 그녀를 보면서 내 마음은 호수에 던져진

바윗돌같이 무겁게 내려앉았다.

다음날은 아침부터 모델 지망자가 밀려들었다. 영호
는 우산 모양의 보조조명장치까지 가져와 설쳤고, 나
에게 시간과 이름이 적힌 종이를 건네주었다. 어젯밤
에 자신의 핸드폰으로 예약이 들어온 사람들의 명단이
라고 했다. 영주가 찾아왔다. 사진을 찍다 말고 나갈
수도 없고 해서 그녀는 커튼 저편에 대기하도록 했다.
먼저 왔던 여자가 나가자 영주는 커튼 안을 들여다보
았다. 얼굴을 찌푸린 채다.

"이렇게까지 할 필요가 있을까? 사진이야 남자가 찍
으면 어때?"

"그러게 말예요. 난 상관없다고 생각하는데, 이분께
서 그렇게 해야 한다고 우기는 것이에요."

영호는 나를 손가락질했다. 영주는 칸막이의 가운데
구멍에 고개를 디밀어 보이더니

"이런 건 필요 없을 것 같구나. 기왕 유방을 만천하
에 드러내기로 했으면 당사자들끼리 먼저 터 놔야지.
유방을 드러낸 여자들이 이쪽에 쭉 줄을 서서 기다리
고 차례대로 나가서 온갖 포즈로 사진을 찍는다. 조명

을 받으며. 재밌잖니?"

영호는 약속이나 한 듯이 반갑게 맞장구를 쳤다.

"맞는 말씀입니다. 그럼요."

나에게 쏟아지는 두 사람의 시선이 무겁다.

"……글쎄요?"

나는 빈정대고 있었다. 혀의 경망스러움이라니…….

"여자들은 남자에게 유방 사진을 찍히고 싶지 않을 것 같아서요."

부연 설명을 해보지만 두 사람의 표정으로 보아 전혀 설득력이 없는 항변이다. 두 사람의 눈길은 나를 죄의식과 배신감의 수렁에쳐 넣었다. 나는 외치고 싶었다.

나는 정당하다. 나는 옳다.

사진사와 모델은 서로의 견해가 척척 맞아 들어가는지 진행자의 지시 없이도 사진을 찍었다.

그녀의 유방은 풍선에 물을 반쯤 담아 놓은 것처럼 적당히 늘어져 있으면서도 풍성해보였다.

너 가슴이 참 작구나. 거의 없는 것 같아.

어디선가 그의 목소리가 들렸다. 나는 소스라치게 놀랐다. 환청이었다. 정신을 차리니 영주의 목소리다.

"네 사진 좀 보자구."

"에?…… 사진은 여기 없어요. 난 사진 안 찍었어요."

"뭐야? 사진을 안 찍었어? 언제 찍으려고? 설마 자기 건 쏙 빼고 논문을 쓰려는 것은 아니지? 그렇다면 독자로서 배신감 느낄 일인데."

나는 피식 웃으며 시선을 돌렸다. 영주가 곧 '이 콤플렉스 덩어리야. 너 자신을 깨라.' 할 것 같아 조바심이 났다. 너는 네 유방이 진짜 작은지 알아보려는 것이지? 그래서 네 유방이 지나치게 작으면 유방 큰 여자들을 성적 본능만 강한 원시인이라고 말할 작정이니? 그 반대의 여자는 지적 능력이 뛰어나다. 그런 식의 결론을 내고 싶었던 거니? 그래서 뭘 얻을 건데. 남자 친구의 배신에 대한 위로?

배신에 대한 위로?

나는 고개를 저었다.

'헤어진 것도 아닌데 배신이라니. 아냐. 아냐.'

영주가 돌아간 후 삼십 분이 지났다. 장마철 같이 후텁지근한 공기를 견디지 못하고 커튼 벽에 갇혀 창문을 열었다 닫았다 하던 영호가 짜증을 부렸다.

"파티션만 치우면 다양한 포즈로 찍을 수도 있고, 모델마다 개성 있는 연출을 할 수 있을 텐데, 유방 증명

사진 박냐? 차라리 성형외과에 가서 사진을 얻어오는
게 낫지……."

"싫으면 그만 둘까?"

다 때려치우고 싶다는 생각이 들었다. 멈칫하던 영
호도 이번에는 양보하지 않는다.

"그래. 네가 원한다면 우리 그만 접자. 나도 너 같은
쑥맥하고 공동작업해 보겠다는 생각을 제고해 봐야겠
어. 솔직히 너나 다른 여자들이 내 사진전에서 간단한
이벤트라도 하고 그런 것까지 기대했었는데 너하는 걸
보니까 그게 다 내 욕심이라는 생각이 든다. 너 같은
겁쟁이가 이게 내 유방 사진입네 하고 전시장에서 설
칠리도 없지. 나도 다 접고 다른 동업자를 찾아보고 싶
다고."

나는 대번에 의욕이 사라진다. 머릿 속에서는 온갖
상념이 지나갔다.

커튼 안쪽에서 담배 연기가 올라온다. 제멋대로 담
배를 피우다니…….

"너어. 요즘 준성이하고 무슨 일 있어?"

그 이름을 듣자 입안이 버석버석하고 건조해지는 느
낌이다. 마른침을 삼켰다.

"어제 우리 일 끝내고 나가는데, 준성이 같이 생긴 놈이 녹색극장으로 들어가더라구. 어떤 여자 애랑 둘이."

머리가 핑 돌았다. 아침에는 커피 한 잔 마신 것이 전부였다. 최근 일주일간은 변변히 음식답게 먹어보질 못했다. 머릿속에 곧 무너져 내릴 바위산이 들어있는 것 같았다.

"내가 잘못 봤는지도 모르지. 난 눈에 띄게 잘생긴 놈만 보면 다 준성이로 보이니까. 확인해본 건 아냐."

"상관없어."

나는 공연히 예약자 명단을 들여다보았다. 유방들이, 아니 여자들이 연이어 들어왔다. 나는 여전히 커튼 안 쪽의 비밀을 지키기 위해 애쓰느라 지쳐서 녹초가 되었다. 점심을 먹을 여유도 없었다. 모델 지망생이 밀려들었다. 이 추세라면 내일까지만 찍어도 한 삼십 명은 찍을 수 있을 것 같았다. 놀랍게도 영호는 지치지도 않고 점점 가속도가 붙는 팽이처럼 잘도 찍어댔다.

세 시간이 훌쩍 지나갔다. 오늘은 마무리해야겠다 싶었는데 여자가 들어오고 웬 남자가 문틈으로 고개를 내밀었다. 들어온 여자가 말했다.

"제 친군데요. 들어와 있어도 돼요?"

"밖에서 기다리는 게 좋지 않을까요?"

완곡하게 말했더니, 남자는 눈치가 없어서인지 그냥 그 자리에 문을 반쯤 연 채 서 있는 것이다. 그렇게 그 여자와 눈빛을 주고받더니 여자가 "안에 들어와 있어도 괜찮아요."라고 분명하게 말했다. 그러자 남자는 모든 절차가 합법적으로 마무리된 것처럼 당당하게 안으로 들어왔다. 나는 당황스러웠다. ─남자친구 앞에서 유방을 드러내는 여자를 내가 보고 있어야 한다는 생각이 떠올라서─ 여자에게 설문지를 던지듯이 건네고 커튼 안으로 들어왔다. 별일이야. 성질대로 하자면 둘 다 쫓아내고 싶었다.

잠시 후 문고리 잠그는 소리가 나더니 남자가 다 벗어야 돼? 하고 놀라자 여자가 윽박지르는 소리가 들렸다.

"준비됐어요. 음 음."

여자는 사각형 안에 정확하게 자신의 유방을 배치하고 있었다. 생각보다 노숙해 보이는 유방이었다. 뭐랄까. 처녀의 수줍음도 아니고 유부녀의 푸근함도 아닌 묘한 느낌이었다. 이상하게 유방만 보아도 그녀의 알

몸이 연상되었다.

나는 영호에게 '빨리 찍어.'라고 붕어 입을 놀렸다.

"수고하셨습니다."

손뼉을 두 번 치자 여자는 벌써요? 한다. 남자는 빨리 옷 입으라고 다그쳤다. 영호는 더 찍어야 한다면 붕어처럼 뻐끔거렸지만 나는 못 본 체했다. 그때 문 밖에서 노크 소리가 났다.

"잠깐만 기다리세요."

나는 여자가 옷을 다 입은 후에 나가려고 잠시 더 커튼 안에 있었다. 밖에 있던 남자가 "잠깐만 기다리세요."라고 반복했다.

그때 영호가 내 팔을 툭 치면서 "나가 봐."라고 말했다. 그런데 붕어 입을 뻐끔거린 게 아니라 진짜 목소리를 냈다. 내가 그 사실을 깨닫기도 전에 커튼이 거칠게 열리더니, 남자의 붉어진 얼굴이 보였다.

"에이 씨팔. 이게 뭐야. 이거 속임수 아냐. 야 니들 뭐야."

말이 끝나기 무섭게 칸막이가 창가 쪽으로 벌렁 넘어왔다. 남자는 범죄 현장을 덮친 경찰처럼 커튼을 잡아당기고 칸막이를 쾅쾅 밟고, 책상을 들어 엎었다. 여자는 브라만 걸친 채 옷으로 가슴을 가리고 비명을 질렀다. 나는 심장이 너무 뛰어서 벽에 파리처럼 달라붙어 액션 영화의 한 장면 같은 광경을 몽롱하게 바라보았다. 바위산이 무너져내리는 소리가 머리를 가득 채웠다. 잘게 부서진 바위조각에 묻혀 온몸이 굳어지는 것 같았다.

잠시 후 폭풍이 지나간 바다처럼 모든 것이 잔잔해졌다. 남자와 여자의 다투는 소리만 들릴 뿐이다.

"그러니까 내가 하지 말랬잖아. 왜 말을 안 들어."

"내 사진 찍는 것도 너한테 허락받아야 된다는 거야?"

"야. 그게 왜 니꺼야. 내꺼지."

복도가 쩌렁쩌렁 울리도록 소리를 지르는 두 사람의 목소리가 썰물처럼 빠져나갈 때쯤 영호의 모습이 눈에 들어왔다. 어디서 나타난 걸까. 조금 전 남자가 난동을 피울 때 그 애는 뭘 했는지 기억해낼 수가 없다. 이 자리에 있기는 있었던 것인지.

이런 중에도 밖에서 기다리던 여자 둘은 사라지지 않고 있었다. 그다음에는 어떻게 사진을 찍었는지 기억나지 않는다. 창밖을 내려다보자 두 남녀가 교문을

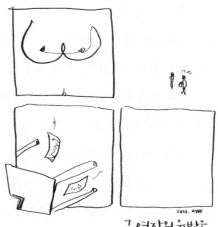

그 여자의 유방은
저 남자의 것일까,
저 여자의 것일까.
저 가방은
　여자의 것일까,
　　남자의 것일까.

향해 가고 있다. 남자가 여자의 가방을 들고 여자는 새침한 얼굴로 약간 앞장서서 갔다. 화해를 한 것인지 아직 다투는 것인지 알 수 없다. 그 여자의 유방은 저 남자의 것일까, 저 여자의 것일까. 저 가방은 여자의 것일까, 남자의 것일까.

내가 끼어들지 않아도 여자들은 사진을 찍었다. 칸막이는 재생 불가능해졌고, 쓸모도 없어 보였다. 해가 기울 녘까지 모델 지망자들이 연이어 찾아왔다.

"이제 그만 가자. 사진은 충분할 거야. 유형별로 나눠도 한 여덟 종류는 되겠더라."

쇳덩이 같이 가라앉은 나에 비해 영호는 구름이라도 탄 것 같았다. 가난한 사진작가 지망생이 맥주를 사겠다고 설칠 정도였다. 맥줏집에서 영호가 붙였다는 포스터를 볼 수 있었다.

눈이 달린 사람이라면 무심코 지날 수 없을 것 같았다. 여자의 유방을 달고 있는 얼굴 없는 나체. 털이 숭숭한 손으로 유방을 가리는 포즈로 서있다. 빗자루 같은 다리털을 보니 남성 호르몬이 넘치는 육체다.

〈당신의 유방을 찍어 드립니다.〉

"어쩜……."

멈춰! 이제 네 차례야

나는 말을 잇지 못했다. 저 포스터보다 더 선정적인 것이 있을까?

"어때?"

팝콘에만 관심을 쏟는 척하던 영호의 활기찬 목소리다. 뭐가 그리 신나는 걸까.

"정상적인 인간 머리에서 저런 구상이 나올 수 있는 거니?"

영호는 얼굴이 붉어지지도 않고 웃었다.

"네가 그런 말 할 줄 알았다. 그러고 보면 우리가 동창이라는 명분으로 참 오래 만난다."

"무슨 소리야?"

"동창이 아니라면 너 같이 꽉 막힌 애를 내가 만날 이유가 없을 것 같아서 그런다. 야, 너 정말 유방에 대한 연구를 할 수는 있겠냐? 일찌감치 포기하지 그래."

평소의 그 답지 않게 말꼬리를 잡았다. 나는 약이 올랐다.

"너 같이 무식한 인간들 때문에라도 논문 써야겠다. 어떻게 유방만 달랑 오려 붙이냐? 유방이 니들 장난감인줄 알어?"

니들?

영호의 입에서 '니들'이 의문부호를 달고 나오자 얼굴이 후끈해졌다. 시선이 마주치자 그가 먼저 피한다.

영호는 코웃음을 치더니 팝콘을 공중으로 날려 받아먹었다. 나는 그 '니들'은 준성이를 의식한 게 아니라고 설명하고 싶었지만 목 근육이 뻣뻣해지면서 숨도 못 쉬게 답답해졌다. 영호의 목구멍으로는 빵빵하게 부푼 팝콘이 잘도 넘어갔다.

"야! 너무 심각하다. 가볍게 생각해. 전체보다 부분이 더 강렬할 수 있잖아. 가령 사람 입술만 찍는다고 해 봐. 얼굴을 찍는 것하고는 많이 다르잖아."

영호는 잔을 들어올리고 약간 기울였다. 목소리는 의외로 부드럽다. 나도 잔을 들어 건배한다.

"부분이 아무리 강렬해도 전체가 더 중요하지. 어느 부분이 마음에 안 든다고 해서 그것 전체를 버릴 수는 없는 거야. 특히 사람의 경우는."

영호는 미간에 주름을 만들며 고개를 끄덕였다. 시험지를 마주한 학생처럼 골똘해지더니 얼굴을 폈다.

"그래. 니 말도 맞아. 하지만 저 포스터를 보고 몰려온 사람들은 무슨 생각을 했을까. 단순한 호기심일 수도 있지. 아니면 네가 즐겨 쓰는 해방감, 그런 걸 느꼈을 거야. 그리고 어쩌면 성적 쾌감을 느꼈을 지도 모르지. 자신에게 유방이 있다는 이유로 남자에게 사로잡힌다. 짜릿하지 않냐?"

목덜미와 귀밑으로 좁쌀 같은 소름이 돋았다.

"그만 좀 해. 너 상상하는 것마다 그 모양이니?"

"쳇, 짐승 취급하지 마라. 난 솔직할 뿐이야."

일찌감치 백기를 올려버렸다. 그는 따지고 이기려하지 않는다. 늘 그랬고, 그래서 그와 이렇게라도 지낼 수 있는 것 같았다.

빈 속에 들어간 알코올에 신경이 녹아버린 모양이다. 갑자기 몸이 가볍다. 내가 없는 것 같다. 어딘지 모자란 것같이 솔직한 영호가 부러워졌다. 저 녀석이라면 어땠을까. 아마 배신한 애인에게 욕 한 번 못하고 끙끙대지는 않겠지. 논문을 빌어 배신자를 욕하고 자신을 위로하려는 복잡한 생각은 하지도 않겠지. 술기운에 취해서인지 논문의 결론이 명료하게 떠올랐다. 유방이 작다는 이유로 애인을 배신하는 것은 속물들이나 하는 짓이다. 고상한 정신이라면 전인격을 사랑할 것이다. 틀림없이.

과연 내가 논문을 쓸 수 있을까?

"사진은 언제까지 찍을래? 세미나 실은 이번 주말까지 써도 돼."

"그렇다면 계속 찍어야지."

나는 맥주를 마셨다. 사진은 불충분했다. 그중에는 나같이 작고 납작한 유방을 가진 여자는 없었으니까. 나는 게시판에 붙은 알몸의 남자를 바라보았다. 어두워진 상가 간판에 불이 들어왔다. 포스터의 남자는 근육질의 야수같이 돌변했다. 그의 유방은 그의 몸에 달린 것이 아니라 어디선가 잘라온 노획물을 손에 들고 있는 것이 분명했다. 그의 손에서, 아니 잘린 유방에서 핏방울이 뚝뚝 떨어지는 것 같았다. 나는 놀라 허리를 세우고 창가에 머리를 바짝 댔다. 비가 오기 시작했다. 굵은 빗방울이 앞다투어 떨어지고 〈당신의 유방을 찍어드립니다〉라고 쓴 붉은 글씨가 흰 바탕의 포스터를 연홍색으로 물들이고 있었다.

멈춰! 이제 네 차례야

구씨 이야기

구씨는 삼 년 전에 마을에 나타난 더벅머리 청년입니다. 지금은 더벅머리가 되었지만 처음 밭 한가운데서 그를 발견했을 때는 어째서인지 머리숱이 거의 없다시피 했는데 그해 봄에 만발했던 민들레 홀씨같다면 딱 맞을 겁니다. 듬성듬성 반쯤 날아가고 민대머리처럼 반질반질한 부분이 갈색으로 드러나 있는 민들레 씨앗 말입니다. 내가 일부러 몇 가닥 안 되는 머리카락을 들썩여봤지요. 진짜 대머리는 아니더라구요.

아 참! 제 소개를 안했네요. 저는 바람입니다. 봄이 되면 남쪽에서 봄소식을 가지고 오는 남동풍! 사람들은 나를 마파람이나 샛바람, 된마파람이라고도 부릅니다.

청수마을을 지나는데 사람인지 짐승인지 알 수 없는 기괴한 행색의 구씨를 발견하고 한동안 바람을 멈출 수밖에 없었답니다.

구씨는 말이 청년이지 그 사람의 나이를 알 수 없었습니다. 정확히 말하자면 나이 말고도 그에 대해 아는 것은 없다고 할 수 있습니다. 성이 구씨라는 사실만 알 뿐이죠.

"안녕하십니까? 어이구 참. 아저씨 댁에 고추가 벌써 손가락만하게 자랐더군요. 비가 한차례 더 내려주면 풋고추 따다 파셔야죠."

"그려 구씨. 인제 다음 차례는 우리집 일일세."

"예, 걱정 마십쇼."

고개를 꾸벅 숙이며 고추 농사에 대해 좀 아는 체를 하는 저 키 큰 남자가 구씹니다. 서쪽 밭으로 향하고 있군요.

낯선 이방인이지만 농번기에 찾아드는 바람에 구씨는 마을의 날품팔이 일꾼으로 눌러앉게 되었습니다.

아이구 저 뒷모습……. 처음 마을에 나타났을 때와는 많이도 달라졌습니다. 무릎까지 오는 검은 장화를 신은 것이며, 목에 두른 때 절은 수건이며 한 손에 괭

이를 들고 척척 내딛는 폼이 영판 시골 농부군요.

구씨의 걸음 속도가 빠릅니다. 불러도 들리지 않을 만큼 멀어졌네요. 키가 크니 보폭이 넓은데다 상체를 앞으로 구부리고 머리는 한 걸음은 더 앞서 가는군요. 애인이라도 생긴 걸까요? 보물이라도 찾으러 가는 걸까요?

그런데 어쨌든 저 모습은 원래의 구씨가 아닙니다. 원래의?

……

그렇게까지 말할 수 없을지 몰라도 아무튼 그 사람이 청수마을에 나타날 때의 모습은 아니라고 확언할 수 있습니다.

한마디로 말해 사람 꼴이 아니었습니다. 다시 말하면 걸어다니는 미라쯤 된달까? 그러니까 물기가 쪽 빠진 부석부석한……. 그것도 정말 잘 봐준 겁니다. 무덤에서 막 나온 움직이는 미라같았습니다. 정말 끔찍했다고요. 꺼멓게 변한 눈자위에 핏기없이 말라들어간 피부, 어딘지 알 수 없는 곳에 고정된 눈동자. 게다가 입고 있는 겨울용 점퍼에 신발이며 바지는 온통 흙투성이었죠. 한참 물이 올라 싱싱해진 새 봄의 산골 마을에 정말 어울리지 않는 사람이었습니다.

그때로 말하자면 마을의 남쪽 산에 산벚꽃이 만개해 있고 참나무 새순이 참새 혓바닥만하게 돋을 때였거든요. 이런 시절이라면 평범한 사람들도 누추해 보이는데 구씨야 말해 무엇하겠습니까.

옛날 같으면 간첩으로 신고가 되어 고생했을 그런 모습으로 등장한 것입니다. 그렇지만 시절도 시절이고 농번기이다 보니 어울려 살게 되었나 봅니다. 물론 순박한 시골 인심의 덕도 있겠죠. 이곳에 산다면 악마라도 착한 마음이 들것 같거든요. 눈에 넣어도 아프지 않을 만큼 평화롭고 아름다운 곳이니까요.

청수마을은 참으로 정답게 생겼답니다. 전체적으로 보면 동에서 서로 흐르는 긴 강을 따라 길쭉하게 늘어서 있는데, 강을 중심으로 밭과 논이 줄지어 있습니다. 비라도 와서 물살이 눈에 보이게 거세지면 강이 산과 밭들을 양손에 잡고 서쪽으로 달음질치는 것같이 보이거든요.

이런 경치는 제가 바람의 길을 따라 북반구 여러 곳을 다녀보아도 흔히 보기 어렵답니다. 오죽하면 겨우내 머물던 남태평양 바다 위에서도 줄곧 청수마을로 달려오기만 기다렸겠어요. 봄부터 가을까지 이 마을에 머물 수 있다는 사실 만으로도 바람으로 태어난 보람을 느낀다구요. 이런 제 수다가 좀 길었나요?

아. 제 몸이 묵직하게 가라앉는 것을 보니 소나기가 한자락 쏟아질 것 같군요. 마을 사람들이 모두 밭에 나가 있는데……. 흠뻑 젖겠는 걸?

개발이냐 보존이냐

"뭐여, 이 상노므새끼가 누구 땅을 거저 먹으랴고 수작이여. 내가 무지랭이라고 니눔 속을 모를 것 같으냐? 이 근본도 없는 상놈으 자식……."

아니 이게 왠 고함입니까? 이장님 댁에서 나는 소린데요?

마을 어른들이 모여 있군요. 젊은 축도 좀 낀 것 같고…….

소나기가 워낙 장하게 쏟아져 말소리가 잘 들리지 않네요.

저 남자는 올해도 빨간 모자를 쓰고 있군요. 목을 앞으로 쭉 빼고 침튀기며 말하는 저 남자 말입니다. 빨간 모자는 작년보다 색이 좀 바랜 것 같아 보이네요. 저 사람은 대체로 저 빨간 모자를 쓰고 다닙니다. 읍에 나갈 때도 저 모자를 쓰고, 괴산 장에 갈 때도 씁니다. 빨간 모자는 멀리서도 눈에 잘 띄어서 그런지 저 남자는 동에 번쩍 서에 번쩍하면서 이 근방의 대소사에 빠짐없이 나타나는 것 같습니다. 저 빨간 모자가 혼쭐이 나는군요. 그런 일은 좀처럼 없는데.

좀 전에 들린 고함 소리는 순구아비 목소리입니다. 순구아비가 목에 핏대를 세우고 뱁새 같은 눈으로 빨간 모자를 노려보는 걸로 보아 두 사람 간에 뭔가 심상찮은 일이 벌어진 거지요.

이장님은 양반다리로 앉아 곰방대를 태우고 있습니다. 눈을 점잖게 내려뜨고 고개를 끄덕입니다. 빨간 모자의 달변이 서서히 힘을 발휘하는가 봅니다.

아~ 비가 잦아듭니다. 소나기는 참 감쪽같습니다. 양동이로 물을 들이붓듯이 쏟아지다가 어느 순간에 사라지면서 마지막 한 방울만 똑 떨군다니까요. 지금 막 마지막 한 방울이 하늘에서 똑 떨어집니다.

마루에 구씨도 앉아있었네요. 혼자서 말입니다. 저 사람은 방에 들어가지도 않고…….

발아래 돋는 풀을 멍하니 바라보다 만지작거립니다. 허리를 숙여 머리를 땅에 박으려는 것 같은 자세로 말입니다. 궁상스럽게 보이네요.

"내가 뭣 땜에 형님한테 손해를 입히것슈. 그게 다 순구 장가보낼 방법이라구유."

빨간 모자의 목소리가 커졌습니다. 비가 그친 탓일까요?

어른들의 시선이 순구아비에게 모아집니다. 순구아비는 여전히 입을 내밀고 골난 아이처럼 심통스러운 얼굴입니다.

"그려도 그것이……."

기운 빠진 목소리로 순구아비는 입을 엽니다.

"왜 하필 내 땅이 젤 많이 깎이냐 이거여. 길을 꼭 그짝으로 내야 하는 건감?"

"보상을 해준다구유. 보상을……. 돈이 생기잖어유."

"그게 멧푼이나 되것어. 시방. 개발헌다고 남의 땅을 나라에서 뺏어가는 거나 마찬거지여. 내 생각으론……."

"자 자 그만허게나."

이장님이 곰방대로 놋쇠 재떨이를 탕탕 두들깁니다. 그 소리는 국회의 의사봉과 비슷한 역할을 합니다. 발언을 중지하고 주목하라 이거죠.

"지금은 개인의 욕심을 내세울 때가 아니지 않는가. 자네 땅이 많이 깎인다혀도 국가에서 보상이 나올 뿐더러 무엇보담도 우리 마을 사람들이 한마음으루다가 자네에게 고마웁게 생각헐 틴디 그게 다 덕 쌓는 거고, 그러다보면 그 덕으루다가 순구한테도 좋은 혼처가 나서지 않것는가. 그러니……."

순구아비의 고개가 조금씩 끄덕입니다. 순구 얘기만 나오면 그이는 맥을 못춘다니까요. 순구는 올해 서른여덟이나 된 그이의 아들입니다. 인물도 중간은 가고 사람 좋기로 소문이 났는데 장가를 못 간 겁니다. 학력이 중졸이라는 건 별로 문제가 아닌 것 같습니다. 시골 농사꾼에게 어떤 여자가 시집오겠어요. 땅이 많다고 해도 그게 다 고생문 아닙니까? 그래서 순구아비는 마을이 관광지로 개발되면 순구 앞으로 음식점이라도 하나 내주어 장가를 들여볼까 하는 계산을 하고 있었던 겁니다.

탕! 탕!

이장님이 곰방대를 두들기는군요.

"이봐라~ 술 받아 오란 지가 언젠데 아직도 소식이

없는고. 이봐라~"

탕! 탕!

"술상 들어가유~"

대답 소리가 나자마자 입식으로 고친 부엌에서 마나님과 며느리가 상을 들고 나옵니다. 키가 작고 인심 좋은 마나님이죠.

방에서는 술판이 벌어지고 순구아비도 빨간 모자도 술 속에 어우러집니다. 잔을 챙챙 부딪히면서 못이기는 척 그렇게 넘어가는 겁니다.

"구씨 이것 좀 들어봐요. 부추전인디. 탁주랑은 궁합이 그만이유."

마나님은 구씨 앞으로 작은 소반을 놓아줍니다. 작은 주전자와 부침개, 대접 하나와 젓가락이 달랑 놓여 있습니다. 구씨가 젓가락을 들자 마나님이 마주앉아 주전자를 집어듭니다. 구씨가 두 손으로 고개를 푹 숙인 채 막걸리 한 잔을 받아들고 한 모금 찔끔 마십니다. 수염 끝에 하얀 탁주 방울이 묻습니다.

"얘기 좀 들었수? 그래 도로는 내기로 했대요?"

마나님이 소곤대며 묻습니다.

"글쎄요. 빗소리 때문에 잘못 들었습니다. 그리고 제

가 뭐 아나요?"

구씨는 부침개를 큼직하게 찢어 한 입 가득 넣고 우물댑니다. 마나님은 만족스럽지 못한 기색입니다. 바로 방 앞에 앉아있었으면서 못 들었다니요?

"순구아비가 순순히 나옵디까? 보상금이 얼마나 된대요?"

"글쎄요. 제가 뭐 압니까. 어른들이 알아서 하시겠지요."

구씨는 정확하지 않은 발음으로 대답합니다. 입안의 부침개가 튀어나올 것 같군요. 막걸리 잔을 들어 후룩 마십니다. 양 볼이 튀어나오자 손으로 입을 막고 우물대더니 꿀꺽 큰 덩어리를 삼킵니다. 볼이 홀쭉해집니다.

마나님은 더 말을 걸지 않고 일어나는군요. 구씨는 탁주 한 사발을 벌컥벌컥 마셔 비우더니 부침개를 큼직하게 찢어 입에 넣습니다. 부침개와 막걸리가 그에게는 전부인 것 같군요. 그는 그런 사람인가 봅니다.

구씨의 집

술자리는 해 질 무렵까지 계속되었습니다. 캄캄해지

자 그제서야 자리를 털고 일어나 비틀거리며 집으로 향합니다. 구씨는 마루 끝자락에 걸터앉아 혼자서 홀짝홀짝 여러 잔을 마시더니 취했나 봅니다. 걸음이 단정치 못하군요. 저래서는 장화를 다 버리겠어요. 그 사람 집은 흙 중에서도 질척한 밭 가운데를 지나야 하거든요. 좀 특이한 위치에 있죠.

그래도 그것이 마을 사람들이 인정하는 구씨의 집. 그의 것입니다. 마을에 들어온 첫 해. 이장님이 마을 머슴으로 써볼 요량으로 빈집을 한 채 준 겁니다.

그런데 그 집이라는 것의 행색이 좀……. 뭐라고 할까요. 아무튼 각별한 인상을 주더군요. 각별한 인상을……

마을 사람들의 집은 이장댁을 중심으로 둥글게 모여 있습니다. 담도 붙어있고요. 서로 앞집 뒷집 사는 겁니다. 마을이 넓지도 않으니 사람들은 순식간에 사라지고 타박타박 불규칙한 발소리만 들립니다.

구씨만 마을을 벗어나 이차선 도로와 이어지는 마을 입구의 정자나무를 지나 밭쪽으로 갑니다. 이 도로를 기준으로 선동마을과 청수마을이 나뉩니다. 청수마을의 동쪽 끝이 이차선 도로라고 할 수 있죠. 저쪽에 자

동차 불빛이 빠르게 지나가죠? 거기가 도롭니다. 도로변에 집이 어렴풋이 보이는군요. 아주 작죠? 멀리 있어서 작은 것이 아닙니다. 가까이 가서 보아도 방 한 칸에 부엌 한 칸. 마당도 담도 없이 밭 한가운데…….진짜 한가운데는 아닙니다. 이차선 도로에서 약 칠 미터 정도 떨어져 있습니다. 도로에 인접해 있는 편입니다.

지금 보면 참 이상한 위치입니다. 큰길에 붙어있다면 구멍가게라도 하려고 했나보다고 생각할 수 있죠. 그런데 밭으로 한참 들어가 있고 마을에서도 뚝 떨어져있으니 참외밭의 원두막 같습니다. 그래도 지붕에는 기와를 얹고 흙벽돌에 시멘트까지 덧칠한 집입니다.

구씨가 집으로 다가옵니다. 밭뚝에서 밭으로 막 들어서는군요. 종아리 높이는 됨직하게 자란 어린잎 사이로 조심스럽게 한 발을 내딛습니다. 고랑을 따라 일자로 조심조심 걷는군요.

아이구 저런~

역시 술이 문제인가요? 외다리 학같이 위태위태하게 버둥거리더니 결국 엉덩방아를 찧는군요. 옷이 엉망이 되겠어요. 쯧쯧.

멈춰! 이제 네 차례야

"아이구 이런. 이걸 어쩌나. 이 바보."

구씨는 혼잣말을 하며 자기 머리를 쥐어박습니다. 일어나는 몸짓도 둔하기 짝이 없군요. 술에 잔뜩 취한 겁니다. 두 손마저 흙투성이가 되고, 저렇게 뭉개다간 엉덩이가 축축하게 젖겠어요.

내가 사람이라면 일으켜주고 싶군요.

"아이구. 이걸 어쩌냐? 내 어린 것들. 이걸 어쩌냐. 다 자라기도 전에 이게 무슨 꼴이냐. 아이구. 구씨는 쪼그려 앉아 부러진 어린잎을 손으로 연거푸 쓰다듬더니 그것을 세워보려고 합니다. 잎은 힘없이 쓰러지고 구씨는 그 잎을 아래부터 위로 쓸어잡아 가만히 세워봅니다. 그렇게 세워잡고 뭐라고 중얼거립니다. 무슨 주문이라도 외는 것인지……. 들리는 소리는 한숨 뿐입니다. 뜨거운 입김이 느껴지는군요. 그렇지만 부러진 잎이 다시 붙을 리가 없습니다. 구씨가 손을 놓자 잎은 땅으로 툭 떨어져 버립니다. 구씨도 고개를 떨굽니다. 두 팔은 쭉 뻗어 무릎에 걸치고 손은 축 늘어져 대롱대롱 매달려 있습니다. 그렇게 얼마나 시간이 흘렀을까요?"

……

어디선가 개구리 떼가 노래를 시작합니다. 온 마을이 들썩입니다.

......

구씨는 움직임이 없습니다. 저대로 잠이 들어버린 걸까요? 걱정이 되는군요. 다가가 깨워봐야겠습니다.

아니! 구씨는 잠든 것이 아닙니다. 어깨가 들썩입니다. 목에서는 비둘기 울음 소리 같은 소리가 납니다. 울고 있습니다.

비둘기 울음소리 같은 소리로 구슬프게 울고 있습니다.

국 구욱 구욱.

......

개구리의 합창이 끝났습니다.

구욱 국 크흐흑…….

구씨의 어깨가 심하게 떨립니다. 통곡이라도 할 것 같군요. 하지만 밭고랑을 망가뜨렸다고 다 큰 어른이 저렇게 운다는 것은 좀 지나치네요.

쿡 쿠욱 끄어억…….

하긴 인간이란 이해하기 힘든 존재이지요. 그 오랜 세월을 보아왔지만 아직도 인간의 모든 것을 이해한다

멈춰! 이제 네 차례야

고 할 수는 없습니다. 어쨌든 구씨는 과민한 사람인 것 같습니다. 저 사람이 우는 모습을 본 것은 처음입니다. 구씨가 이 마을에 온 이후로는요.

욱 욱…….

들을수록 음산하고 불길한 울음소리입니다. 저 사람을 혼자 두고 갈 수가 없군요. 울음소리가 아주 비통합니다. 잘린 무잎 때문에 이렇게 우는 것일까요? 그럴 수 있을까요?

트럭 한 대가 요란하게 지나갑니다. 이 밤에 경적은 왜 울리죠? 천지가 흔들리는 것처럼 요란합니다. 미친 황소 같군요.

구씨가 고개를 듭니다. 아주 민첩하게 전혀 취하지 않은 사람처럼 날렵하게 도로 쪽으로 고개를 돌립니다. 트럭은 밤하늘을 뿌옇게 흐려놓고 꽁무니를 뺍니다. 포장도로인데도 대형트럭이 지나갈 때는 먼지가 나는 것 같습니다. 어휴~~ 매연이네요.

구씨는 트럭을 눈으로 쫓습니다. 시퍼런 불꽃이 눈에서 튀는 것 같아요. 짐승의 눈처럼 사납게 보이는걸요? 살인이라도 저지를 것 같습니다. 저런 얼굴이라면…….

오늘 구씨는 정상이 아닌 것 같습니다. 왜 저런 얼굴을 하는지 이해가 안 가는군요. 반쯤 빠진 머리로 나타났던 그때가 차라리 이해할 만합니다.

눈물로 얼룩진 얼굴로 사라진 트럭의 꽁무니를 노려보던 구씨는 일어섭니다. 트럭이 사라진 방향을 한참 바라보더니 걸음을 옮깁니다. 엉덩이에는 진흙이 두툼하게 뭉쳐 달라붙었습니다. 그는 흙 묻은 바지를 털지도 않고 방으로 쑥 들어가 버립니다.

딸깍

방문이 잠깁니다.

……

방안에서는 아무 소리도 들리지 않습니다. 다른 날은 문을 잠그지 않았는데 오늘은 왠일일까요?

승용차 한 대가 쏜살같이 지나갑니다.

이 방문으로 말하자면 삼 년 전에 읍에서 맞춘겁니다. 단 하나뿐인 방에 문이 달아나고 없었거든요. 원래 있던 나무 창살문으로 맞추려면 십만 원이 넘는 거금이 들어서 그보다 훨씬 싸게 맞췄습니다. 아파트나 주택에서 흔히 사용하는 베니어합판으로 된 그런 문입니다. 이 문은 군청 직원인 솔이 아빠가 해준 겁니다. 구씨가 처음에 솔이네서 묵었거든요.

어쨌거나 이 문을 달고 난 후로 문을 잠근 밤은 오늘이 처음입니다. 잠그기도 쉽지요. 안에서 꾹 누르기만 하면 됩니다. 그래도 구씨는 하루도 잠근 적이 없어요. 누가 들어올 리도 없죠. 가져갈게 있어야죠. 부엌 살림을 보면 알 수 있습니다. 부엌에는 문도 없어요.

여전히 깨끗하게 정리된 그대로네요.

구식 부뚜막에 시커먼 무쇠솥이 하나 걸리고 아궁이 하나는 비어있고……. 작년에 없던 휴대용 가스렌지가 있네요. 낡은 세 칸짜리 찬장. 그릇은 국그릇과 밥그릇 합해서 일곱 개입니다. 스테인레스와 플라스틱 그릇이죠. 마을 사람들이 하나 둘 가져다 준 겁니다.

오늘은 부뚜막에 상이 차려져 있군요.

이래뵈도 구씨는 인기가 있답니다. 마을 아낙들에게 말예요. 인기라고 해야 할지 모르지만 안됐다, 불쌍하다며 매일 한두 가지 반찬을 부뚜막에 놓고 가고 상을 차려놓기도 한답니다.

때로는 구씨가 남달라 보이기도 합니다. 어딘가를 멍하니 바라볼 때가 있습니다. 그럴 땐 시인 같기도 하죠. 농부라면 그런 표정으로 먼 산을 바라보지는 않을 겁니다. 그는 진짜 농부 출신은 아니니까요.

그는 어떤 사람일까요?

왜 청수마을에 나타났으며, 왜 이곳을 떠나지 않는
걸까요?

아~ 도저히 모르겠어요. 올 겨울이 오기 전에 알 수
있으면 좋으련만…… 어쨌거나 날이 새면 다시 구씨를
만나러 와야겠습니다.

좋은 밤 되세요. 별님.

닮지 않기로 하다

날이 밝자마자 바람은 구씨를 찾아 나섰습니다. 구
씨는 해가 돋기도 전에 집을 나서 소같이 일을 하고 있
었습니다. 언제나 그랬듯이 말입니다. 어젯밤 같아서
는 뭔가 일을 칠 것 같더니 아무 일도 없군요. 그저 술
주정이었을까요? 저 손놀림을 좀 보세요. 질퍽한 논바
닥에서 피 한 줌을 쑥쑥 뽑아내는데 저건 사람의 손이
라기보다 곡괭이나 뭉뚝하게 만든 갈고리 같습니다.

벼 사이를 둘러보며 피를 찾아내는 눈길도 매섭습니
다. 한눈에 피와 알곡이 차지 않은 벼를 분명히 구분해

서 단숨에 쑥 뽑아내는 겁니다.

이크~

하마터면 논둑으로 던져지는 피 뭉텅이를 뒤집어 쓸 뻔했습니다.

어쨌든 구씨의 어제 그 행동은 술주정이었나 봅니다. 점심밥도 두 사발이나 거뜬히 먹어치우는군요. 다른 사람들이 밥알을 튀도록 농담을 해도 미련하게 우적우적 소처럼 밥과 김치를 씹어 먹습니다.

그렇게 일하면서 조용히 하루가 지나갔습니다. 다음 날도 구씨는 남의 집 밭일을 해주었고, 그 다음날도, 그 다음날도 소처럼 일만 했습니다. 특별한 일이라곤 전혀 일어나지 않았습니다.

두 달이 하루같이 청수마을의 여름이 지나갔습니다. 그 사이 군청 공무원들이 찾아와 빨간 모자와 함께 동네를 한 바퀴 둘러보았을 뿐입니다.

어느 집에서 아이를 낳지도 않았고, 어느 집에서 혼례를 치르지도 않았고, 누가 죽지도 않았습니다. 하기야 한여름에 그런 일을 하기에 부적당할지 모르죠. 워낙 더우니까요.

마을 사람들의 일상이 그렇게 단조롭게 흘러가는데

비해 들판과 산들은 몰라보게 달라지고 있었습니다. 가을이 다가오고 있거든요.

이장님과 마을 사람 허씨가 논둑에서 벼이삭을 만져보고 있습니다. 누런 이삭을 똑 따서 어금니에 넣고 씹어봅니다.

"올해도 작황이 시원찮것어. 이게 벌써 삼 년째 아닌가. 이 년간 흉작이었으니 올해는 잘될 줄 알았는디 어째……."

이장님의 안색이 밝지 않습니다.

"그러게 말이유. 이러키 빈 이삭이 달려있으니 올해도 재미 못보것시유. 뭔놈의 병충해가 해마다 다른 것들이 나타난대유? 농약을 그러키 퍼 부어두 그때 잠깐뿐이니……. 평생 이런 경우는 처음이유. 이장님두 그러시지유?"

허씨는 벼 이삭을 훑으며 빈 이삭을 몇 가닥 골라 잡초 고르듯이 자른다. 그 안에는 알곡이 없습니다.

"허~ 큰일이여. 예사롭지가 않구먼. 예사롭지가 않어."

"이러다가는 농사도 못 짓것시유. 지력이 다한 것인지……."

멈춰! 이제 네 차례야

그렇게 말하고 이장님의 안색을 살핍니다. 이장님은 그저 망연히 들판을 바라볼 뿐 뭐라 말이 없습니다. 늙고 살없는 얼굴에 주름이 깊어 보입니다. 가을 햇살이 사람을 더 늙어 보이게 만드는 것일까요?

여름이 가을로 넘어가는 요즘은 시골 사람들도 한숨 돌릴 수 있는 시절입니다. 그래서인지 요 며칠은 마을 청년이나 어른들이 모여 술타작을 하는 일이 많습니다. 올해는 누구네 감자가 잘되었다, 누구네는 제초제를 너무 많이 써서 인삼밭을 다 버렸다, 누구네는 배추 출하시기를 딱 맞추는 바람에 큰돈을 벌었다 등등의 이야기가 안주감으로 오릅니다.

구씨는 솔이네 집 마루에서 솔이 아빠와 술잔을 주거니 받거니 하고 있습니다. 방안에서는 티비가 혼자 떠들고 있군요.

"우리 솔이 엄마가 햇살에 얼굴이 그을려서 그렇지 시집올 무렵에는 사람들이 복사꽃 같다고 했습니다. 둘째 낳더니 시골 사람답게 살집도 붙고, 일하는 요령도 생기고……. 청수마을 사람 다 됐어요."

구씨는 고개를 끄덕이며 젓가락을 세워 탕탕 소리내며 키를 맞추더니 부추김치를 한 움큼 집어 입에 넣습니다. 여전히 먹성이 좋군요. 참 맛나게도 먹습니다. 작은 소반에는 햇살에 잘 익은 붉은 고추를 갈아 담은 김치와 윤기 나는 깍두기, 싱싱한 오이에 미역으로 담은 냉국…… 꿀꺽~ 침이 넘어가네요. 구씨는 막걸리를 쭈욱 들이키고 이번에는 고추장으로 양념한 장떡을 쭉 찢어 입에 넣습니다. 양 볼이 불룩불룩하고 입술이 활기차게 움직입니다.

구씨는 먹기 위해 사는 사람 같습니다. 저렇게 맛있게 먹는 사람을 보고 있으면 공연히 침이 넘어가지 않습니까?

솔이 아빠가 조용한 사람인 것 같아도 실은 말이 무척 많은 사람입니다. 단지 그 말하는 소리가 나직하고 조용조용해서 과묵한 것같이 착각을 하죠. 가만히 들어보면 끝없이 주절거리고 있다니까요.

"우리 솔이 녀석이 보기보다 당찬 구석이 있지 뭡니까. 녀석이 유치원 갈 나이가 돼서 괴산에 있는 유치원엘 데려갔는데 이 녀석이 낯도 안 가리고 외려 다른 놈과 싸움이 붙어서 그 애를 흠씬 두들겼다지 뭡니까. 누굴 닮은건지 원……"

구씨는 흐뭇한 미소를 지으며 고개를 끄덕입니다.

솔이 아빠가 수다를 떠는 만큼 구씨는 그 만큼 먹는 것
으로 분위기를 맞춥니다. 솔이 아빠의 자근자근한 수
다는 정말 메달감입니다. 저렇게 말이 많은데도 마을
에서는 그이를 나이에 비해 진중한 젊은이라고들 하
니…….

구씨의 얼굴이 무섭게 굳어집니다. 티브이 화면에
시선을 고정하네요. 눈이 번쩍번쩍 빛납니다. 솔이 아
빠는 구씨의 굳어진 얼굴을 보고 구씨를 따라 티브이
쪽으로 눈을 돌립니다. 눈자위가 불그레해진 것을 보
니 술기운이 올랐군요.

경찰은 이번 범행이 지난 8월 25일부터 경기·충청지
역에서 여러 차례 발생한 범행과 수법이 동일하다고 밝히
고 특별수사본부를 구성할 계획이라고 밝혔습니다. 한 소
식통에 따르면 곡식 저장 창고를 싹쓸이해 가는 수법의
범행이 전국적으로 발생하고 있는 것은 국내외 곡물 도매
상과 연계된 조직적 전문 집단에 의한 것으로 추정된다고
밝혔습니다. 경찰에서는 시중의 도매상을 상대로 탐문수
사를 병행할 것으로 알려졌습니다.

화면에는 텅 빈 농협곡물 창고 내부와 부서진 자물통이 클로즈업됩니다. 창고 관리자라는 사람이 시무룩한 얼굴로 나와 도둑이 뒷문 열쇠를 부수고 한밤중에 소리도 없이 훔쳐갔으며 인력의 부족으로 밤새 망을 볼 수 없는 형편이라는 말을 합니다. 이어서 논둑에 서 있는 농부가 등장합니다.

농촌에서 수확기를 앞두고 있는디 이런 사고가 자꾸 발생하니까 우리 농민으로서는 불안허기 짝이 없습니다. 경찰에서는 뒷북만 치는 격이니 집집마다 철저히 단속을 허고 동네별로 순찰조를 조직해서 감시를 해야 것습니다.

"저것 참 큰일이네요. 군청에서도 난리랍니다. 쌀보리는 말할 것도 없고 감자니 옥수수니 닥치는 대로 싹쓸이를 해가지 않습니까? 이게 무슨 일인지 모르겠어요. 경기·충청권에서만 벌써 다섯 건이나 보고됐어요. 군청에서도 비상근무 소집할지도 모르겠어요. 주말에는 만만한 공무원들이 동원돼는 거죠."
솔이 아빠는 주말에도 출근하는 날이 많았고 전염병이 돌아 주말 소독반으로 출동하기도 했습니다.

돈 버는 일이라면
뭘 봐 안가리는게
저놈들 아닙니까?

"국제 곡물업자들이 개입한다는 것도 가능한 애깁니다. 어느 나라든 이제 곡물 수확량은 해가 갈수록 줄어듭니다. 곡물값은 폭등하게 되겠죠. 돈 버는 일이라면 물불 안 가리는 게 저놈들 아닙니까?"

구씨가 말했습니다.

"아~ 네~ 그렇죠?"

솔이 아빠는 더듬거립니다. 그리고 구씨를 가만히 들여다봅니다. 신기하다는 듯이 말이죠.

"하하. 형님~ 그러고 보니 형님이 그렇게 길게 말씀하시는 건 처음 같습니다. 하하하!"

구씨는 별 대꾸없이 막걸리 사발을 집어듭니다. 구씨를 바라보는 솔이 아빠의 표정이 야릇합니다. 팔짱을 끼고 좌우로 흔들거리며 구씨를 뜯어보고 또 뜯어봅니다. 구씨가 솔이 아빠를 힐끗보더니 얼굴을 손으로 쓱쓱 문지릅니다.

"뭐가 묻었나? 왜 그렇게 봅니까?"

"아 아닙니다. 저어~"

솔이 아빠는 비밀이라는 듯이 소곤거립니다.

"형님, 언제든 이런 말씀을 한 번은 올려야겠다고 생각했습니다. 형님이 어디서 뭐하던 분인지 굳이 밝히

멈춰! 이제 네 차례야

고 싶어하지 않으니 그것은 더 묻지 않겠습니다만…….
이 마을에서 벌써 삼 년째 사시니 혹시 정착하실 마음
이 있으면 장가도 드시고, 집이나 땅도 좀 마련을…….”

구씨가 손을 내두릅니다.

“나는…….”

말 대신 고개를 내두릅니다.

솔이 아빠는 팔짱을 낍니다. 조금 더 따져보려는 듯
했지만 구씨가 막걸리 잔을 들자 솔이 아빠도 잔을 들
어 탕 소리가 나도록 플라스틱 사발을 부딪힙니다. 오
늘도 이렇게 어물쩡 넘어가는가 봅니다.

구씨는 고개를 숙이고 발가락을 만지작거립니다. 장
떡 한 조각을 떼어먹고 솔이 아빠가 입을 엽니다.

“형님! 오늘은 형님 말씀 좀 듣겠습니다.”

“말할 것도 없습니다. 나는 그저 땅이나 일구고 살다
가……. 이 마을에 왔을 때 나는 벌써 죽은 거나 마찬
가지고. 지금까지 덤으로 살았으니 바라는 게 없습니
다.”

구씨는 다리를 오무려 두 팔로 안았다가 다시 책상
다리를 하고 앉아 고개를 숙입니다. 어쩔 줄을 모르는
것 같습니다. 다리만 긁적이고 구씨는 죄인처럼 고개

를 숙이고 있군요.

참 답답한 사람입니다.

외려 솔이 아빠가 당황한 것 같습니다.

"형님, 자 한잔 더 하십시오. 제가 괜한 얘기를 한 것 같군요. 술이나 한잔 하시고 일찍 가서 주무십시오. 집에 불은 잘 들입니까? 아침저녁으로는 오삭오삭하게 춥던데요."

구씨는 솔이 아빠가 따르는 잔을 받으며 더듬거립니다. 미안해서인지 부드러운 표정을 지으려고 하는군요.

"말이란 것도 안 하면 잊어버리는지…… 요즘은 무슨 말을 해도 무슨 소린지 나도 잘…… 사십 년이나 써 온 말인데도……. 그리고 나란 놈을 동정할 필요없습니다. 이렇게 사는 것만도 분에 넘치지."

그러더니 구씨는 화난 사람처럼 벌컥벌컥 막걸리를 마십니다. 허허. 참~ 보는 사람이 답답해 죽을 지경입니다. 마음속으로 들어가 볼 수도 없고 말이죠. 그건 바람도 못합니다. 허파나 위장 속으로는 들어가도 마음속으로는 들어갈 수 없습니다. 여러분도 잘 아실 겁니다. 그 사실은.

이렇게 저 남자의 정체를 오늘도 알지 못하고 지나가는군요. 저 남자의 행실을 보건데 저 사람은 분명히 대단찮은 건달이거나 실없는 사람인 것 같습니다. 어떤 사람인지 궁금해하는 것이 시간 낭비인지도 모른다는 생각이 듭니다. 도대체 나는 왜 저 남자를 쫓아다니는 것일까요? 아~ 내가 한심스럽습니다.

저 남자는 고작해야 소같이 일하며 돼지같이 먹으며 곰같이 잠을 잘 자는 그런 단순한 인간일 뿐인데요.

벌써 어둑해졌군요. 이제 해가 지면 여지없이 가을 냄새가 납니다. 나도 이제 적도 지방으로 떠날 시간이 기다려집니다. 그곳에는 뭔가 신나는 일이 기다리고 있을지도 모릅니다. 구씨같이 구질구질한 인간을 쫓아다니는 것보다야 원숭이를 쫓아다니며 간지름 태우는 것이 재미있겠어요. 나는 정말 구씨가 뭔가 놀랄만한 비밀이라도 가지고 있는 줄 알았어요. 올봄에 본 그이는 정말 달랐거든요. 삼 년 전 그 모습과는 딴판이었어요. 사실은 올봄이 되어 이 마을에 불어왔을 때 마을의 누구보다도. 심지어 갓 태어난 송이의 여동생보다 구씨는 빛을 내고 있었답니다.

바람은 한눈에 다 알 수 있어요. 새보다 높은 곳에서

세상을 내려다보니까요. 그런데 몇 달을 쫓아다녀도 그에게서는 풋풋한 흙냄새와 거름 썩은 고린내만 풍길 뿐이잖아요. 그리고 지금은 그에게서 빛이 나는지 어쩌는지도 모르겠어요.

구씨는 비틀거리며 밭으로 갑니다. 아니 집으로 가는 것이겠죠. 구씨네 집과 도로 사이에 담처럼 심어놓은 옥수수대가 누렇고 불그죽죽하게 얼룩져있습니다. 구씨의 집도 누릿누릿하게 익어 보입니다. 그러고 보니 구씨도 노릇하게 익은 가을 색입니다.

계절 탓일까요? 그의 뒷모습이 꼭…….

처마밑에 거꾸로 달아놓은 씨옥수수같이 보이네요.

더벅머리가 하늘로 치솟아 길게 자라있어서 그런 것인지…….

어쨌거나 오늘밤은 저 무뚝뚝하고 미련해 보이는 남자가 잘 여문 씨옥수수 같습니다.

옥수수가 집안으로 들어갑니다.

옥수수가 신발을 벗습니다.

옥수수가 잎새를 닫습니다.

그럴지도 모릅니다. 실은 저이도 눈에 띄지 않게 익어가는 옥수수처럼 안에서 무언가 익어가고 있는지도 모를 일입니다. 그런 것은 대개 씨앗이 땅속으로 들어가 싹이 나고 꽃을 피우게 될 때서야 사람들이 알아보게 되지요. 씨앗이란 원래 그런 것이지요.

제가 헛소리를 하고 있다고요? 아닙니다. 별님~ 바람은 실수를 하지 않는답니다. 장담할 수 있다니까요.

안녕 별님~

청수마을에 농작물 도둑이 들다

추수철이 되어 청수마을에서도 알곡을 거두기 시작했습니다. 오랜만에 마을에는 웃음소리가 났습니다. 비록 풍작은 아니라 해도 뿌린 씨앗의 열매를 거둔다는 것은 농부들에게 가장 큰 기쁨이니까요.

집집마다 곳간에 수확물이 쌓이자 마을 사람들은 이제 하루쯤 쉴 때가 되었다고 생각했습니다. 그래서 설악산 쪽으로 당일치기 단체 관광을 하기로 하였습니다. 산골 사람들이므로 가을이라 할지라도 바다를 보아야만 한다는 것이지요.

이제 그날이 되어 마을에는 빨간 줄무늬의 관광버스가 무려 세 대나 대절이 되었습니다. 날이 채 밝기도 전에 갓난아이까지 깨워 모두 여행길에 오르느라 온 동네가 소란합니다. 아무리 둔한 꿀꿀이라도 눈을 붙일 수 없었다니까요. 아이들과 할머니들이 마지막 한 명까지 차에 타고 마지막으로 빨간 모자가 승차를 하자 청수마을 단체 관광 1호차가 출발했습니다. 떠나는 사람들은 모두 창밖에 고개를 내밀고 손을 흔들었습니다. 마을에 남은 사람은 구씨와 동네 강아지들 댓 마리였습니다.

"구씨 수고허게."

"아저씨 올 때 선물 사 올게요."

"형님 다녀오겠습니다."

"구씨, 동네 방범 잘 부탁허네. 자네만 믿고 가는겨."

빨간 모자의 인사를 끝으로 이제 버스는 멀어집니다. 먼지 사이로 끈기있게 내둘리는 작은 손목들이 낙엽처럼 흔들립니다.

마지막 낙엽 하나까지 사라지고 마지막 먼지 한 개가 차분히 가라앉자 청수마을은 마을의 역사상 어느 순간보다 더 고요했습니다. 어느 집 소인지 고요에 대한 항의로 음매~ 길게 소리를 지릅니다.

구씨는 누렁이를 데리고 정자나무 아래로 가서 기대

어 앉습니다. 밭가운데 쌓인 콩자루와 군데군데 모아 놓고 불질러 버린 담배 나무, 밑둥까지 잘라 쌓아놓은 옥수수대를 바라보다, 쪽빛 하늘과 솜처럼 흰 구름을 보다, 풀피리를 불기도 하며 놀았습니다.

물론 가끔 누렁이의 머리도 쓰다듬어 주었지요.

"누렁아. 오늘의 임무는 마을을 지키는 것이니까 너랑 나랑 둘이 정자나무 아래서 보초를 서는 거다. 알았냐?"

누렁이는 알겠다는 듯이 신이 나서 혓바닥을 축 늘어뜨리고 꼬리를 흔듭니다.

홀로 남겨진 것에 대해 구씨는 아무런 유감이 없는 모양입니다. 어느 날보다도 기분 좋은 얼굴이군요. 비실비실 웃다가 엎치락뒤치락하다 보니 어느새 해가 중천에 올라왔습니다. 이장님 댁에 가서 미리 차려놓은 밥상을 뚝딱 비우고 다시 정자나무 아래에 와서 앉자 졸음이 기습해 왔습니다. 청수마을에 온 이후로 구씨가 낮잠을 자는 모습은 처음 봅니다. 구씨는 기절한 사람처럼 잠이 들었습니다.

잠든 구씨의 얼굴을 이렇게 처음으로 자세히 훑어보게 되는군요. 여러분! 그런데 이 남자의 잠든 얼굴은 참 묘한 감동을 주는군요. 평소의 하는 짓거리와 달리 잠든 얼굴은 마치 한 편의 역사소설을 읽는 것 같은 복잡미묘한 기분을 갖게 했고, 오랜 세월을 살다 한 편의 자연시를 지어 읊는 노시인의 한가한 얼굴도 같고, 잡초에 묻힌 채 수백 년간 간직되어 온 왕릉의 위엄이 풍기는 것도 같았습니다. 잡초와 허드레 잡목으로 위장된 왕릉 말입니다.

아~ 나는 구씨의 그 형언하기 힘든 모습에 넋을 잃고 있었습니다. 그러니 동네에는 바람 한 점 없을 수밖에요. 대낮의 공동묘지처럼 평온할 뿐이었습니다. 구씨 옆에 앉아 졸고 있던 누렁이가 두어 번 컹컹 짖는군요.

그래도 구씨는 기척이 없습니다.

누렁이가 몸을 일으키며 컹컹 짖는군요. 눈이 반짝이더니 성난 표정이 됩니다.

부릉부릉부릉

아니 이런 어느새 정자나무까지 못 보던 트럭 한 대가 들어왔습니다. 동네 개들이 떼지어 짖어댑니다. 그 소리에 놀라 소, 닭들도 야단입니다. 구씨만 세상모르고 잠들어 있는 것입니다.

멈춰! 이제 네 차례야

이게 무슨 일일까요?

트럭에서 장정 세 사람이 내립니다. 한 사람이 큰 길 쪽으로 손짓을 하자, 이런 세상에…… 또 한 대의 트럭이 들어옵니다. 그 트럭은 훨씬 크군요. 4톤 트럭은 될 듯 싶습니다.

아 악

이럴 수가…….

이럴 수가…….

누렁이가, 누렁이가 피를 흘리고 쓰러집니다.

아~ 불쌍한 누렁이. 이런 꼴을 보아야만 하다니…….
누구 없나요? 누가 좀 도와주세요. 이봐요. 구씨. 일어나요. 구씨.

이럴 수가 있을까요? 구씨는 내가 돌풍을 일으키고 흙먼지로 세게 내리쳐도 일어나지 않습니다. 괴한들은 이장님 댁으로 들어갑니다. 창고 자물쇠를 망치로 내리치자 간단히 부서집니다. 이제 알겠습니다. 저 사람들은 곡식 도둑들이군요.

큰일입니다. 다른 개들은 덩치 큰 누렁이가 한 방에 쓰러지자 꼬리를 감추고 뒤뜰로 도망가 낑낑거립니다.

자루에 담아둔 곡식들이 트럭에 실립니다. 저 자들

은 제 집 물건 실어 나르듯이 손발을 맞춰 곡식을 도둑질해갑니다. 눈 깜짝할 사이에 일어난 일입니다. 놈들은 순구네 집 마루에 놓인 바구니 속의 오이와 고추까지 자루에 쓸어담아 싣고 한 손에 오이를 들고 우적우적 씹으며 차에 올라탑니다.

불쌍한 순구 아버지. 비쩍 마른 까만 얼굴로 펄펄 뛰는 모습이 눈에 선합니다.

부릉부릉.

커다란 포장덮개로 곡식을 덮은 트럭은 유유히 마을을 빠져나갑니다.

이럴 수가…….

제가 너무 수선스럽다고 욕하지 말아주세요. 여러분도 이런 일을 당한다면 어쩔 수 없을 겁니다. 그런데 도대체 구씨는 어찌된 영문일까요. 어쩌려고 생전 안 자던 낮잠에 빠져있는 것일까요? 마을 사람들이 돌아오면 뭐라고 변명할까요? 아~ 모르겠습니다. 당분간 마을 뒷산의 숲속에 머물러 있고 싶어요. 사람들 일은 사람들이 알아서 하겠지요. 바람은 바람의 일이 있으니 저는 일단 숲으로 떠나겠습니다.

이봐요. 구씨~ 구씨~

이틀이나 숲속에 머물러 있는 것이 쉬운 일은 아닙니다. 바람의 엉덩이가 얼마나 가벼운지 아시죠? 제가 마을의 일이 얼마나 궁금했겠어요. 하지만 저는 참았습니다. 원래 큰일일수록 감정을 가라앉힐 필요가 있는 겁니다. 이틀을 참고 지냈더니 저의 놀란 가슴도 좀 진정되었습니다. 마을 사람들은 어떨까요? 구씨의 모습이 정말 궁금합니다.

구씨의 모습이 보이지 않습니다. 쫓겨난 것은 아니겠죠? 쫓겨났다고 해도 구씨를 찾는 일쯤은 바람에게 식은 죽 먹기입니다. 걱정마세요.

아하 그러면 그렇지.

구씨가 갈 데가 어디 있겠어요. 그이 집에서 작은 연기가 올라오는군요. 구씨가 피우는 담배 연기입니다. 방문턱에 앉아 담배를 피웁니다. 발밑에 꽁초가 수북합니다.

이것 참. 말을 걸어볼 수도 없고 답답하군요. 구씨의 몰골이 정말 처량합니다. 원래 덥수룩한 수염입니다만 수염이 입술에 씹힐 정도로 두지는 않았었는데 말이죠. 가을이 되며 살이 오르던 볼이 다시 홀쭉해지고 눈자위가 거뭇해졌습니다.

무슨 일이 있었던 것일까요? 흠~ 궁금해서 참을 수가 없군요. 마을 사람들이 뭐하나 가봐야겠습니다. 아! 저기 솔이 아빠가 오고 있네요. 퇴근하는 길인가 봅니다. 자전거를 끌고 오는 걸 보니 말이죠.

솔이 아빠는 구씨 집 앞의 밭둑에 자전거를 세워놓고 자전거 뒤쪽에 싣고 온 검은 봉지를 챙겨 밭으로 들어섭니다. 고개를 빼꼼이 디밀어 구씨가 있는지 확인하더니 구씨에게 다가와 검은 봉지를 내려놓고 잠바를 벗습니다. 손으로 부채질을 하면서 구씨의 안색을 살핍니다. 솔이 아빠의 얼굴이 며칠 새 꺼멓게 탔습니다. 서늘한 날씨인데 땀을 뻘뻘 흘리고 있습니다. 솔이 아빠는 검은 봉지에서 맥주를 꺼내어 구씨 앞에 내밉니다. 구씨는 혼 빠진 사람처럼 멍할 뿐 그것을 받아들지 않습니다.

"형님~ 담배만 태시지 말고 시원하게 한잔 하십시오. 속에서 불이 날 때는 맥주가 최곱니다. 자아~"

솔이 아빠는 캔맥주 뚜껑을 따서 구씨 손에 쥐어줍니다. 치익 소리를 내며 하얀 거품이 몽글몽글 피어납니다. 차가운 맥주를 손에 쥐어주자 구씨는 그제야 한 모금 마십니다. 솔이 아빠도 맥주를 하나 꺼내어 단숨에 마십니다.

"어유~ 시원허다. 형님도 한 캔 쭈욱 비우세요. 고민한다고 잃어버린 곡식을 찾는 것도 아니고……. 마을 사람들이 뭐라고 하든 마을을 비워놓고 단체 관광을 가기로 한 것부터 잘못인 겁니다. 그리고 놈들 수법이 보통이 아니더군요. 전라도 쪽에서는 아예 쌀을 실은 트럭을 일곱 대나 빼돌려 훔쳐갔답니다. 대담한 놈들이죠. 이러다간 농사지은 사람도 먹을 식량이 없겠어요."

"그래 수사는 진척이 있답니까?"

"기대하지 마세요. 기는 경찰에 나는 도둑이 아닙니까? 잃어버린 사람이 죄지요. 저도 공무원입니다만 참큰일입니다. 큰일……."

구씨는 이렇다 저렇다 말 한마디 없습니다.

"형님~ 딴 생각 하지 마시고 며칠 푹 쉬십시오. 이제 농사일도 끝났으니 할 일도 없고 새봄이 오면 사람들이 다 잊어버릴 겁니다. 마을을 떠나니 어쩌니 그런 생각일랑은 접어두시고요."

구씨는 한마디 대꾸도 없습니다. 솔이 아빠도 더 이상 할 말이 없다는 표정이군요. 그저 한숨만 쉽니다.

바람이 붑니다. 곡식 도난 사건에 대해 나뭇잎들이 조잘대는 것 같습니다.

궁시렁궁시렁! 부시럭부시럭!

연달아 일어나는 농작물 도난 사건은 갖가지 소문에도 불구하고 범인의 단서 하나 찾아내지 못한 채 기억 속에 묻히고 있었습니다.

마을 사람들도 구씨에 대해 적잖은 의혹과 원망을 안고 있었지만 그뿐이었습니다. 책임을 지고 마을을 떠나라는 사람도 있었지만 구씨는 집에 틀어박혀 모습을 드러내지 않았습니다. 마을 사람들은 끝끝내 누렁이가 맞아 죽도록 구씨가 잠만 잤다는 말을 믿지 못했고 순구 아버지는 구씨가 도둑과 한 패라고 떠들고 다녔습니다.

가을은 온다간다 말도 없이 왔다가고 어느새 살얼음이 얼기 시작했습니다. 남쪽으로 떠날 시간입니다. 구씨가 겨우내 굶어죽거나 얼어죽지 않을지 걱정이 됩니다. 이제 마을 사람들의 도움도 뚝 끊겼으니까요.

어찌되건 운명이겠죠. 부디 내년 봄에 구씨를 다시 볼 수 있으면 좋으련만…….

저는 이만 떠납니다. 안녕~

멈춰! 이제 네 차례야

아 참! 깜빡 잊은 것이 있습니다. 어젯밤에 제가 다리 밑에서 본 일입니다만 저로서는 무슨 영문인지 알 수가 없었을 뿐더러 너무 놀랐습니다. 빨간 모자 기억하시죠? 그 사람이 다리 밑에서 남자 두 명과 함께 쑥덕거리고 있었습니다. 그런데 아주 이상한 말을 하더군요.

"시작이 좋았어. 사람들은 이제 의욕을 잃기 시작했다구. 한두 번만 더하면 이 마을은 끝장이야. 낄낄. 구씨 녀석이 우리에겐 은인이지. 그놈이 다 뒤집어쓰게 되었으니."

이런 내용이었습니다. 그다음에는 자기들끼리 말다툼을 합니다. 얼마를 더 달라, 안 된다, 거래가 어떠니 신용이 어떠니 그러면서 말이죠. 무슨 일인지 저는 모르겠습니다.

내년 봄까지 곰곰이 생각해봐야겠습니다. 그럼 여러분~ 내년 봄까지 안녕!

……

악!

그러고 보니……. 그 남자들 중 한 사람의 목소리가 기억납니다. 그 사람은 바로 곡식을 도둑질하러 왔던 사람입니다. 맞습니다. 분명히 기억한다니까요. 그 남자가 다른 사람들에게 이러쿵저러쿵 지시를 했기 때문에 그 목소리는 계속 들렸다구요.

그렇다면 이게 어찌된 일일까요? 빨간 모자는 왜 그자들과 다리 밑에서 한밤중에 만난 것인지, 거래라는 것은 무엇이고 끝장이란 또 무엇일까요? 정말 모르겠습니다. 빨간 모자는 청수마을에서 태어난 사람인데 무슨 음모를 꾸미는 것일까요? 궁금해서 오금이 저리지만 제가 이곳에 머물다간 올겨울에 첫눈이 너무 늦어지고 맙니다. 여러분~ 안타깝지만 내년 봄까지 기다려주세요. 저는 꼭 돌아오니까요. 안녕~

큰 강의 밑바닥같이 고요한 겨울이 왔다. 그렇지만 청수마을은 겨우내 햇살이 드는 남향이어서 따뜻하고 평화로웠다. 설이 되어 마을에서는 한판 윷놀이를 하고 큰 눈이 세 번 내린 다음 마을의 개울가와 밭둑에 봄나물이 돋기 시작했다. 마을 사람들은 지난가을의 악몽을 잊고 모종을 키우고 종자를 사들여 처마밑에 달아놓았다. 겨우내 구씨의 모습을 본 사람은 없었다.

멈춰! 이제 네 차례야

청수마을의 봄, 씨앗을 도둑맞다

여러분~ 안녕하세요? 긴 겨울 동안 건강하게 지내셨죠? 남쪽나라는 어느 해 못지않게 평화롭고 조용한 겨울을 보냈답니다. 그쪽 사람들은 특별히 하는 일이 없고 잃어버릴 것도 없으니까요.

이 마을은 벌써 바빠졌네요. 밭둑에서 나물캐는 사람들이 저기도 하나, 저기도 하나……. 산등성이에도 봄나물 따는 사람들이 보입니다.

저는 이 마을에 들어서면 생기가 나서 몸이 자꾸 하늘로 솟구쳤다가 내려옵니다. 봄이 되면 바람이 가끔 사나워지곤 하죠? 그것은 어쩔 수 없습니다. 기분 좋을 때는 춤추지 않고 못배기거든요.

그런데 혹시 지난겨울 구씨를 본 사람이 있나요? 그 사람 집에 가봐야겠습니다.

……

문은 닫혀있지만 신발은 가지런히 놓여있습니다. 신발에 흙먼지가 쌓여있군요. 오랫동안 신지 않은 것 같습니다. 구씨는 아직 살아있나요?

구씨~ 구씨~

문을 흔들어 보아도 소용이 없습니다. 어찌된 것일까요?

부엌에도 먼지가 가득합니다. 바닥은 얼었다가 녹아 질퍽하고 사람이 드나든 흔적은 없습니다. 뒤뜰로 가 보죠.

뒤뜰에도 까치 발자국만 몇 개 보입니다.

구씨는 아직 이 집에 사는 건가요?

아~ 저기 동네 아주머니 한 분이 옵니다. 한 사람은 두꺼운 털 스웨터를 입었고 한 사람은 도톰한 잠바를 걸쳤습니다. 구씨 집으로 오고 있습니다. 밭둑에서 둘이 뭐라고 소곤거리더니 망설이며 털 스웨터 입은 아주머니가 먼저 밭으로 들어섭니다. 그리고 구씨 집 방문 앞에 와서 허리를 굽히고 문에 귀를 대 봅니다. 그리고 똑똑 두들깁니다. 기척이 없습니다.

구씨~ 구씨~

문을 두들기며 부릅니다. 그래도 기척이 없자 두 사람은 눈이 둥그레지며 겁먹은 표정을 짓습니다. 놀라서 마을 쪽으로 돌아서려는데 무슨 소리가 납니다.

끼익.

멈춰! 이제 네 차례야

방문이 열립니다. 그리고 그 안에서 늙은 옥수수수 염 같은 것이 불쑥 튀어나옵니다.

저게 뭐죠?

방문 앞에 있던 두 사람은 깜짝 놀란 표정입니다. 둘 이 바싹 붙어 손까지 꼭 잡습니다. 방안에서 튀어나온 이상한 물체 때문이죠.

"안녕하십니까. 아주머니."

옥수수수염 같은 것이 나풀댑니다. 그 물체가 문밖 으로 나와 신발을 신습니다. 그리고 옥수수수염을 뒤 로 넘기자 사람의 얼굴이 보입니다.

"안녕하세요? 겨우내 잘 지내셨어요?"

그것은 구씨였습니다. 밖에서 떨던 두 사람은 안심 한 표정으로 더듬거리며 인사를 합니다.

"아유, 구씨유? 난 또 누군가 했어."

이렇게 말하면서 두 사람은 뒤로 한걸음 물러섭니 다. 구씨의 몰골은 그토록 이상했습니다.

머리는 길게 자라 지저분했고 검붉은 수염으로 뒤덮 인 얼굴에는 딱지가 더덕더덕 앉아있었습니다. 얼굴을 거의 알아볼 수 없었습니다. 단지 까만 눈동자만 사람 답게 반짝거렸습니다.

아주머니 둘은 서로 얼굴을 마주보더니 잠바를 걸친 사람이 말했습니다.

"봄이 되었으니 우리집 일 좀 도와 달라고 왔쑤~. 아침 식사는 했쑤?"

"아~ 네."

구씨는 뒤통수를 긁적였습니다. 그러자 머리 쪽에서 옥수수수염 같은 것이 부서져 떨어지고 이상한 껍질 같은 것도 같이 떨어졌습니다.

구씨에게 지난겨울 무슨 일이 있었던 것일까요?

어쨌거나 이렇게 구씨는 다시 마을에 등장하게 되었습니다. 그리고 머리와 얼굴을 덮고 있던 이상한 것들도 이삼 일 지나자 거의 떨어져 예전의 모습과 비슷하게 보였습니다. 그리고 일도 전처럼 잘했습니다. 밥도 전처럼 잘 먹고 술도 잘 먹고 밤이 되면 어김없이 집에 가서 곰처럼 자고 아침이면 해뜨기 전에 일어나 일을 했습니다.

이제 완전히 예전의 구씨로 돌아온 것 같았습니다. 마을 사람들도 지난가을의 일을 완전히 잊은 것 같았습니다.

그렇게 해서 봄에 씨앗을 뿌리고 여름이 되고 가을

멈춰! 이제 네 차례야

로 접어들었습니다. 세월은 청수마을을 가로지르는 강물처럼 빠르게 흘러갔습니다.

올해 농사는 작년보다 수확이 더욱 감소했습니다만 그래도 청수마을 사람들은 추수 때가 되면 행복해했습니다. 농부들이란 씨뿌리는 기쁨과 수확하는 즐거움에 사는 법이 아닙니까.

그런데 올가을에도 마을 사람들이 기절초풍할 일이 벌어지고 말았습니다. 작년의 도난 사고를 경험 삼아 이번에는 마을에 대형 창고를 짓고 튼튼한 자물쇠를 달아 모든 수확물을 그곳에 모아두기로 했는데 도매 시장에 내가기 바로 전날 밤에 창고에 불이 난 것입니다. 창고는 완전히 타버렸고 곡식은 흔적도 없이 사라졌습니다.

경찰의 조사 결과 곡식은 모두 타서 재가 된 것이 아니라 어디론가 사라졌다고 합니다.

곡물 도난 사고는 작년에 이어 올해도 전국적으로 일어나고 있었습니다. 그러나 경찰은 범인의 흔적도 못 찾았다고 합니다. 청수마을에서는 칠일 밤낮을 회의를 했습니다.

"당장 먹을 것도 없으니 뭘로 밥을 헌대유? 뭔 도둑

이 씨앗까지 훔쳐가는지……."

칠일 동안 밤낮으로 손님상을 차리던 이장댁은 드디어 분통을 터트리고 말았습니다. 이제 청수마을 주민들은 군에서 나오는 구호식량을 받아다 써야 했습니다. 그럴 수밖에요. 지금까지 마을 사람들은 논·밭에서 나는 것을 거두어 먹을 줄만 알았지 도시 사람들처럼 돈을 주고 사오는 것에는 익숙하지 않았거든요. 게다가 곡식을 살 돈도 없었습니다.

그러나 구호식량도 한계가 있었습니다. 곡물 도난은 청수마을뿐 아니라 전국 여러 곳에서 발생해서 정부의 지원이 부족했습니다. 이래서 청수마을 사람들은 머지않아 굶어죽을 판이 되었습니다.

창고 화재가 발생한 지 팔일째부터 마을 사람 중에는 청주나 괴산에 날품팔이를 하러가기 시작했습니다. 서울로 일하러 가는 사람도 생겼습니다.

겨울이 밀어닥치기 직전의 어느 날 이장 집에서는 또 마을 회의가 열렸습니다. 문틈으로 들여다보니 연로하신 이장님은 며칠 사이 부쩍 늙어있었고 간간이 눈물을 찍어냈습니다. 위엄있던 곰방대는 방구석에 처박혀 있었습니다.

멈춰! 이제 네 차례야

빨간 모자가 무슨 말인지 한참 설명을 하고 다른 사람들은 한숨만 내쉬며 고개를 끄덕입니다.

"그 수밖에 없겠구먼……"

그러더니 어른들은 각자의 품에서 종이 뭉치나 봉투를 꺼냈습니다. 빨간 모자는 그것을 모두 챙겨 가방에 담았습니다.

빨간 모자가 가방을 들고 어디론가 떠나자 마을 어른들은 한숨을 내쉬며 냉수를 들이켰습니다.

무슨 일인지 저로서는 알 수가 없군요.

저는 남쪽으로 돌아가야 합니다. 제가 떠나지 않으면 첫눈이 내리지 못한다는 걸 기억하시죠?

마을 사람들을 두고 떠나는 제 마음도 무겁고 슬픕니다.

하지만 내년 봄에 만나길 기약하고 저는 이만 떠나겠습니다.

안녕~

햇살은 항상 찬란했으나 청수마을의 겨울은 공동묘지같이 적막했습니다. 철없는 아이들만 가끔 모여 놀이를 할 뿐 까치도 울지 않는 침울한 겨울이 지나갔습니다. 구씨는 작년 겨울처럼 단 한 번도 모습을 드러내지 않았습니다.

봄과 함께 찾아온 것

아. 이게 웬 먼지죠? 눈을 뜰 수가 없습니다. 이맘때면 들려오던 종달새 소리 간데없고 무시무시한 기계 소리가 귀청을 울립니다.

"이 봐. 이쪽으로 빤듯허게 밀어부치면 되는 겨. 이 짝으루~"

부지지직. 쿵. 콰르르르

"쪼꼬만 집이 딴딴허기도 하구먼. 누가 살던 집이래?"

청수마을이 통째로 들썩거립니다. 포클레인이 두 대나 와서 큰길 도로 주변을 파헤칩니다. 세상에! 구씨의 집이……. 폭삭 내려앉았습니다.

몇 년 전부터 한다던 도로 공사가 시작된 모양입니다. 구씨 집까지 도로가 되는지 판판하게 다듬고 있군요. 마을 어른들은 여기저기서 구경을 합니다.

구씨는……. 구씨는 어디로 간 것일까요. 마을을 한 바퀴 둘러보아야겠습니다. 구씨의 모습은 보이지 않습

멈춰! 이제 네 차례야

니다. 마을 사람은 모두 밖에 나와 있는데 구씨만 안 보이네요. 지난겨울 떠난 것일까요? 솔이 아빠의 모습이 보입니다. 먼지를 뒤집어써서 온몸이 황갈색입니다. 그 옆에는 빨간 모자가 있습니다.

"봐아. 이것이 개발이라는 겨. 이제 청수마을도 도시가 되는 거여. 사나이로 태어났으믄 고향을 위해서 이정도는 해야 헐 것이 아닌가."

빨간 모자는 기분이 좋아 어쩔 줄 모르는 데 솔이 아빠는 대꾸할 기분이 아닌 것 같습니다. 오히려 우울해 보이기까지 합니다.

"형님. 이 논밭까지 팔아 치울 필요는 없지 않습니까. 벌써 절반이나 팔았으면 그것으로도 충분한 것 아닙니까?"

"그게 무슨 소리여. 여기에는 음식점 몇 개가 들어서는 게 아니라니께. 대규모 레저 타운이 되는 겨. 레저 타운. 레저 타운 유치하기가 쉬운 게 아녀. 이런 기회를 놓치믄 안되지. 알것냐?"

솔이 아빠는 고개를 흔들며 집안으로 들어갑니다. 마루 끝에 앉아 담배를 피우고 다시 나와 뒷집으로 갑니다. 이 집은 할머니 한 분이 어린 손주와 살던 집인데 딸이 사는 도시로 이사 가고 지금은 구씨가 묶고 있습니다.

"형님. 어디계십니까. 형님."

솔이 아빠는 뒷뜰로 돌아갑니다. 연기가 피어오릅니다.

뒷뜰에서 구씨가 무엇을 태우고 있습니다.

"뭘 그렇게 태우십니까. 형님."

구씨가 솔이 아빠를 돌아봅니다. 작년 봄같이 이상한 모습입니다. 올해도 옥수수수염을 달고 있습니다. 대꾸가 없습니다. 솔이 아빠는 구씨 옆에서 타는 것들을 봅니다.

책같이 보이는 것들, 신발, 낡은 옷들, 가방⋯⋯

저 가방은 구씨가 이 마을에 들어설 때 들고 왔던 것입니다. 불타고 있는 옷도 그때 입었던 겨울 점퍼.

"저것은 형님 물건 아닙니까. 몇 개 안 되는 것인데 간직해야 하는 것 아네요?"

구씨는 아무 말 없이 작대기로 불타는 것들을 뒤적입니다. 사진도 있습니다.

"어? 사진이⋯⋯."

솔이 아빠가 집어내려 하자 구씨가 얼른 작대기로

그 사진을 불 속에 밀어 넣습니다. 여자와 아이가 함께 찍은 사진입니다. 솔이 아빠는 답답하다는 표정으로 구씨를 봅니다. 불이 사그라들자 구씨는 마루로 나갑니다. 솔이 아빠도 따라갑니다.

옷은 재가 되었고 연기가 모락모락 올라옵니다. 이것은 구씨의 전 재산이나 마찬가지인 물건들입니다. 저 물건 속에는 뭔가 단서가 될만한 것들이 있을 겁니다.

하지만 이제 재가 되어버렸으니…….

그래도 남아 있는 것이 있을지 모릅니다. 바람을 일으켜 들추어 볼까요? 저 책은 무얼까요. 가운데 쪽은 아직 글씨가 보입니다.

슈우웅~

그 말을 귀담아 들었던 들 이런 불

않았을 것이다. 그러나 그것이

저히 할 수 없었다. 오히려 희망

이거 원 타버려서 내용 파악이 안 되는군요. 이것은 책이 아니라 누군가 쓴 일기 같은 기록입니다. 구씨의 것일까요? 자 넘겨봅시다.

어라. 작은 쪽지가 나옵니다.

은혜 정신병원 ****-8888

도장, 신분증

급하게 쓴 글씨입니다. 노트를 넘겨보겠습니다.
무슨 수학 공식 같습니다. 또 넘겨보겠습니다.

끝장이다. 끝장이다. 끝장.

휘갈겨 썼군요. 또 넘겨보겠습니다. 차분한 글씹니
다. 윗줄이 반쯤 탔지만 추측해서 읽어보죠. 이건 편지
같은데요.

남은 삶은 사죄하는 마음으로

당신을 되살릴 수 없다면 내 연구나

용 있겠소.

당신이 이 글을 읽을 수 없지만 마음은

멈춰! 이제 네 차례야

아 이게 끝입니다. 조금 일찍 왔더라면 타버리기 전에 노트를 꺼낼 수 있었을 텐데 말이죠. 넘겨보겠습니다. 그다음에는 백지입니다. 계속 백지입니다. 앗. 타지 않은 완전한 편지가 한 장 끼어 있습니다. 자 그러면 펼쳐볼까요.

이런. 구씨가 다가옵니다. 그리고 불쏘시개로 다시 불을 살립니다. 여러분. 이 일을 어쩌죠? 편지를 한 줄도 읽지 못했는데…… 순식간에 타버리는군요. 아깝습니다. 정말.

구씨는 물건을 모두 태우고 나더니 호미를 찾아들고 앞마당의 풀을 뽑습니다. 뼛속부터 농부인 마을 사람들은 모두 뒷짐 지고 있는데 구씨만 저럽니다. 구씨는 해가 질 때까지 마당에 풀을 매고 해가 어둑해지자 방에 들어갔습니다. 자는 모양입니다.

어두워지자 포클레인 소리도 나지 않습니다. 밤이 되니 청수마을의 본래 정취가 느껴집니다. 어느 집 개가 짖고 가끔 들려오는 밤새 소리. 그리고 고요.

짧은 밤이 지나고 이른 새벽부터 포클레인은 도로 공사를 하느라 그 길고 굵은 팔뚝을 이리저리 휘두르고, 대형 트럭이 쉴 사이 없이 드나듭니다. 마을은 벌써 딴판으로 변했습니다. 마을 어른들은 공사를 구경하는 것이 지겨워져서 인근의 다방에 출입하게 되었습니다.

젊은 사람 중에는 근방 도시에 일자리를 구해 출퇴근하는 사람이 늘었습니다. 그래서 농번기의 청수마을에는 강아지들과 꼬마들만 뛰어다닙니다.

구씨는 마당의 풀을 다 뽑자 마당에 밭을 만들기 시작했습니다. 제법 긴 고랑이 세 개나 나오고 짜투리 고랑이 두 개 나왔습니다. 마을 사람들이 지나다 보고 종자도 없는데 밭을 만들어 뭐하냐고 혀를 찼습니다.

그렇게 몇 날 며칠이 지나자 큰 도로 터에 아스팔트를 깔기 시작했습니다. 마을에는 석유 냄새가 진동합니다.

그동안 구씨는 집안의 밭에서 열심히 돌을 골라내고 거름을 뿌렸습니다. 그리고 밤이 되면 마루에서 하늘의 별을 보다 잠이 들곤 했지요.

그러던 어느 날 밤입니다. 누군가 구씨를 찾아왔습니다.

"구씨. 구씨."

늙은 총각 순구입니다.

"웬일이요?"

구씨는 순구와 이렇다 하게 인사를 한 적도 없고 술 한잔 함께한 적이 없습니다. 알기는 알되 모르는 사이지요. 그런데 이 밤중에 순구가 찾아왔으니 이상한 일이군요.

순구는 쭈뼛거리다 들어와 구씨에게 인사도 안 하고 밭을 유심히 훑어보았어요.

"무슨 일로?"

구씨의 말투가 퉁명스럽군요.

"저어. 실으은."

순구는 충청도 사람 중에도 말을 무척 느리게 하는 편입니다. 답답하지요.

"우리이 아부지이가아 밭에다가아 무얼 뿌리는지 가서 보고 오라고 해서어……."

"씨앗을 뿌리지요."

구씨가 망설이지 않고 대답하자 순구는 퍼뜩 놀라는 시늉을 합니다.

"아아니. 종자아는 다아 도두욱 맞았느은데 무슨 씨이를 뿌리쥬우?"

구씨는 마루에 앉은 채 가만히 순구를 보더니 손목

을 까딱거리며 순구를 부릅니다. 순구는 겁먹은 얼굴로 발은 앞으로 가고 윗몸을 뒤로 자꾸 빠집니다. 겁이 나는 모양입니다.

구씨는 방으로 들어가더니 무슨 병같이 생긴 걸 들고 나옵니다. 그리고 그것을 순구에게 보여줍니다.

"이게 뭐어래유우?"

"이건 내가 개발한 약입니다. 이 약으로 씨앗을 만들 수 있지요."

순구는 튀어나온 입술을 다물지 못합니다. 뭘 물어봐야 할지도 모르겠다는 꼴입니다.

"성공 가능성은 구십구 프로 이상입니다. 제가 겨울이 되기 직전에 먹어본 결과 이걸 먹으면 사람의 몸이 씨앗이 될 수 있다는 걸 확인했습니다. 물론 흙과 적절한 수분, 온도가 제공되지 않으면 발아되지 않습니다. 종자 상태로 머무는 것이죠."

순구는 튀어나온 입술을 아래위로 훑어 쩝쩝대더니 조심스럽게 그 약병을 만집니다.

"이게 지인짜 씨앗으을 만드는 약이란 말이유우?"

"물론이지요."

순구는 그 약병을 이리보고 저리봅니다. 그러나 그

멈춰! 이제 네 차례야

저 약병일 뿐입니다. 활명수나 쌍화탕 같은 것을 넣는 그런 색 유리병 말입니다.

"먹어봐아도 되나유우?"

구씨는 약병을 빼앗습니다.

"다시 한 번 생각해 보십시오. 자신을 희생한다는 것이 고귀한 일이긴 합니다만 순구 씨는 장가도 가야 하고 부모님이 기다리시잖습니까."

"그럼유. 장가는 가야쥬."

순구는 단호한 표정입니다.

"그런디이 이걸 먹으면 희생을 하는 것이 되나유우? 사람 몸에서 씨앗이 난다면서유우."

……

아. 순구와 더 이야기하는 것은 시간 낭비가 아닐까요? 하지만 정말 놀라운 일입니다. 구씨의 말이 사실이라면 이건 정말 해외 토픽감인걸요?

"앉으십시오."

구씨가 손으로 앉으라는 시늉을 하고 자신도 마루에 앉습니다. 순구도 마루로 올라앉습니다.

구씨는 고개를 들어 하늘을 한참 올려다봅니다. 순구도 구씨를 따라 하늘을 봅니다. 구씨가 입을 엽니다.

"내가 순구 씨에게 진심을 털어놓게 될 줄은 몰랐습니다."

"할 말이 있으며언 해야지유. 괜찮아유."

"별을 보고 있으려니 제 아내 생각이 납니다. 저기 어느 별엔가 있겠지요. 아내를 다시 살려내려고 했었는데 포기했습니다. 한 번 똑같은 사람을 만든 것으로 충분하다. 물론 그 여자 때문에 아내가 죽게 되었지만요. 내 아내와 똑같은 그 여자 말입니다."

"그게 무슨 소리래유? 통 못알아 듣것어유."

"사람을 만들어 냈다는 겁니다. 아내의 병을 고치기 위해 제 아내와 똑같이 생기고 똑같은 습관에 똑같은 목소리를 가진 여자를요. 아내가 좋아할 줄 알았습니다."

"구씨!"

순구가 화가 난 목소리로 구씨를 부릅니다.

"내가 바본 줄 알어유? 그게 말이 되는 소리유?"

구씨는 조용히 순구를 바라보고 고개를 흔듭니다.

"사실입니다."

"거짓말 말어유. 날 바보 천치로 아는 구머언. 난 갈 티유우. 공연히 시간 낭비만 했구머언."

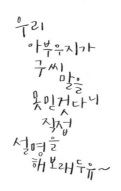

우리
아부우지가
구씨 말을
못믿것다니
직접
설명을
해보래두유~

순구가 벌떡 일어서 씩씩대며 나갑니다. 구씨는 그대로 앉아 한참이나 더 하늘의 별을 바라봅니다. 얼마나 시간이 흘렀을까요. 별들이 서쪽으로 한참이나 흘러간 뒤에 구씨는 자리에서 일어나더니 마당의 밭을 파헤치기 시작했습니다. 커다란 구덩이가 만들어집니다. 동틀 무렵에 사람 하나가 누울만한 큰 구덩이가 만들어집니다. 구씨는 땀을 훔치고 마루로 올라옵니다.

부엌에 들어가 냉수를 한 대접 떠서 벌컥벌컥 마시더니 그 갈색 약병을 집어 듭니다. 그리고…… 익숙하게 약을 마십니다. 그다음 곧바로 마당의 구덩이에 가서 눕고 흙으로 몸을 덮었습니다. 다 덮고 눈만 남았습니다. 북극성이 은빛으로 변하더니 햇살 속으로 숨어버립니다. 구씨도 눈을 감았습니다.

찬란한 태양이 떠오르는가 싶더니 먹구름이 한자락 몰려와 비를 뿌립니다. 그날은 비가 장대같이 퍼부어 도로 공사도 못했고 마을 사람들은 삼삼오오 모여 고스톱을 치고 하루를 보냈습니다.

다음날 아침에 비가 그치자 도로 공사는 다시 시작되었습니다. 구씨 집으로 순구가 헐레벌떡 뛰어왔습니다.

멈춰! 이제 네 차례야

"구씨이~ 구씨이~"

순구는 열심히 구씨를 부릅니다.

"구씨이. 어디 수움었대에유? 어서 나와 봐유~. 우리 아부우지가아 구씨 말을 못믿것다니 직접 설명을 해 보래두유~."

구씨~ 구씨~

순구는 이리 뛰고 저리 뜁니다.

마당에는 촉촉한 흙을 뚫고 올라온 새싹이 가득합니다.

앞마당을 비추는 햇살이 찬란합니다.

그리움이 비워질 때를 기다리는 것이다

이 집에는 코니카 필름뿐이다. 반듯하게 줄을 맞춰
세워 놓은 똑같은 필름 무더기를 보자 나는 무슨 더러
운 것이라도 묻을까 봐 피하는 것처럼 윗몸을 뒤쪽으
로 기울이다 곧 그 집 밖으로 나온다. 가게 밖에 서서
광장 주변을 둘러본다. 필름을 파는 곳은 이 집뿐이다.
빌어먹을. 하루에 수백만 명이 드나드는 수원역 광장
에 필름 파는 집이 단 한 군데뿐이라니 말이 되는 일인
가. 뭔가 부당하다는 생각이 든다. 필름 가게라면 흔히
사용하는 필름 서너 가지는 구비해 놓아야 하는 것이
상식이고, 누구나 그중에서 하나를 선택하도록 되어
있다. 코니카를 사기 싫어서 이러는 것이 아니다. 단지

단 한 종류의 필름을 수북하게 쌓아 놓은 것을 보는 순간 온몸의 세포들이 일제히 적색경보를 발동하는 것 같은 긴장을 느꼈던 것이다. 단 하나만 진열되었다고 해서 세상에 필름이 그것뿐인 것은 아니다. 그러나 그것만을 보고 그것에만 익숙해지면 누구나 세상에는 그것뿐이라고 믿게 되는 법이다. 그렇다면 선택받지 못한 존재들, 익숙한 세상 밖에 있는 것들은 어떻게 되는가.

절벽 앞에 서 있는 것처럼 숨이 막힌다. 생각을 털어 내보려고 머리를 흔든다. 지나친 비약이다. 필름이야 어떤 것이든 거기서 거기지.

그래도 선뜻 그 집에 다시 들어가 필름을 사게 되지 않는다.

역 건너편으로 가서 필름을 사러 돌아다닐 생각을 하니 엊저녁의 숙취 탓인지 다리에 힘이 빠지고 속까지 거북하게 느껴진다. 길을 건너가더라도 어디서 파는지 모르기 때문에 한참을 헤맬 것만 같다. 게다가 출발이 늦어져서 시간을 지체할 수도 없는 형편이다. 몇 시나 된 것일까. 수원역이라는 전철 안내 방송을 들을 때가 열 시 오십팔 분이었으니까 지금은 열한 시 오 분쯤 되었을 것이다. 아무래도 오늘 안에 일을 끝내고 돌아오기는 틀린 것 같다. 연구소에서는 내일 출근하는 것으로 알고 있을 텐데 뭐라고 변명할 것인가. 어제 저녁에도 약속 시간에 늦은 일이 발단이 되어 궁지에 몰렸었다. 그 생각을 하니 짜증이 나면서 머리가 아프다. 지금부터라도 서둘러야 할 것 같다.

나는 가게에 다시 들어가 코니카 필름을 사고 영수증을 요구했다. 기름지고 살찐 얼굴의 중년 남자는 보기보다 일을 신속하게 처리했다. 털이 많이 난 두터운 손으로 필름 한 통을 유리 진열장 위에 턱 올려놓더니 어느 틈에 얇고 길쭉한 영수증 용지를 작성하여 내 앞에 놓는다. 그의 행동은 신속하면서도 여유있게 보였다. 그것은 무엇이든 독점한 사람 특유의 안정감이라고 나는 생각한다. 그런 분위기는 외모가 전혀 다른데도 박철원을 떠올리게 한다.

박철원은 남자로서 가질 만한 것은 다 가진 것 같다. 예정대로 정부의 특별위원회에서 일한다면 환경운동가로서는 드물게 경제적인 안정과 사회적인 지위를 보장받게 될 것이다. 머지않아 그의 정치적 야심대로 국회의원이 될 수도 있을 것 같아 보인다. 게다가 여자들은 한결같이 그의 호감을 사려고 난리다.

그를 생각하자 힘겹게 버티고 있던 다리에 힘이 빠져 바닥에 주저앉을 것 같은 기분이다. 어젯밤 박철원을 편드는 이나로의 행동으로 보아 그녀는 박철원의 여자가 되기로 마음먹은 것이 확실해 보였다. 주먹이 쥐어진다. 낯빛이 번질번질한 필름집 주인에게 까닭 없이 화가 난다.

"아저씨. 코니카만 팔면 어떡합니다. 소비자들에게도 선택할 권리가 있는건데, 다른 필름은 구경도 할 수 없게 만들어 버리는 게 어딨습니까."

가게 주인은 내 말이 끝나자마자 다른 손님들은 아무 말도 안 하는데요. 하고 녹음기를 틀어 놓은 듯이 감정 없는 말투로 대답을 한다. 그러다 내 얼굴을 힐끗 보더니 입술이 일자로 굳어진다. 나는 한바탕 속에 있는 말을 다 쏟아 버리고 싶은 욕구를 느낀다. 그러다 가게 주인이 버럭 화라도 내서 한바탕 주먹질이라도 한다면 좋겠다. 가게 주인은 나의 표정이 심상찮아 보이는지 웃음으로 굵게 주름졌던 얼굴을 뻔뻔하게 펴면서 자못 진지하게 변명을 한다.

"원래는 여러 종류를 갖다 놓죠. 요즘 경기가 불안해

지니까 물건이 달리고 해서. 아마 내일쯤이면 다른 필름도……. 아니, 꼭 다른 걸 사려면 길 건너 시장으로 들어가서 쭉 가다가……."

"됐습니다."

나는 공연히 시간을 끌지 않기로 하고 출장비 봉투를 찾는다. 주먹다짐할 상상까지 하다니 엉뚱하다. 동대문에서 뺨을 맞고 남대문에서 화풀이한다더니. 저 사람은 그저 필름가게 주인일 뿐이다.

나는 가방 앞주머니를 뒤져 출장비 봉투를 찾다가 없어서 다이어리를 꺼내어 뒤졌다. 그 중년의 남자는 서두를 것 없다는 듯이, 입가에 다시 매끄러운 미소를 짓는다. 나는 얼굴이 달아오른다. 다이어리의 앞뒤 표지에는 뭐가 그렇게 많이 들었는지 불룩해서 한 손에 잡기도 힘들었다. 다이어리를 왼손에 받치고 오른손 엄지손가락으로 드르륵 넘기자 반으로 접은 종이 뭉치가 나왔다.

〈공룡 화석의 발견과 시화호 개발 계획에 대한 주민 여론 동향조사〉

보고서 양식이다. 그 뒷장까지 넘겨보아도 출장비는 없다. 어떻게 된 것일까. 총무부에서 봉투를 건네주면서 '이번에는 잃어버리지 말라'고 당부하던 말까지는 생생하게 기억이 나는데, 그걸 받아 어디에 뒀는지 깜깜했다. 발그레하게 혈색 좋은 그 영감은 조금도 불쾌한 기색이 없이 두 팔을 유리 진열장에 八자로 올려놓고 손가락을 피아노 치듯 움직여 두르륵두르륵 소리를 냈다. 힐끔 바라보다 눈이 마주치자 영감은 조금 더 웃어 보이며 고개까지 끄덕이는 것이다. 나는 가방을 뒤지는 척하면서 돌아선다.

도대체 출장비 봉투가 어디 간 것일까. 할 수 없이 가방을 바닥에 내려놓고 가방 안의 물건들을 끄집어냈다. 책이 세 권이나 된다. 〈생명이란 무엇인가〉, 〈The Biotechnology Bubble〉. 책갈피에 끼워두었나 싶어 빠르게 훑는다. 낙서한 이면지만 한 장 있을 뿐이다. 제본된 쪽을 손에 들고 털어도 아무것도 나오지 않는다. 책을 내려놓은 곳을 살피다 무릎에 올려놓고 다시 가방을 뒤진다. 바닥은 타일도 장판도 깔지 않은 거친 시멘트 칠이었고 청소한 자국인지 물기가 남아 얼룩져 있다. 허리를 굽히기가 힘들다. 〈시화호 사람들은 어떻게 되었을까〉에도 봉투는 들어있지 않았다. 가방 구석에 쑤셔 박혀 있을지도 모르므로 가방 안의 물건들을

멈춰! 이제 네 차례야

다 꺼내 봐야 할 것 같다. 가방 안에는 나도 깜짝 놀랄 만큼 다양한 물건들이 들어 있었고 거의 쓰레기통이나 마찬가지였다. 용도를 알 수 없는 구겨진 종이 뭉치도 여러 개 들어 있다. 이 물건들을 모두 무릎 위에서 지탱하기는 힘들 것 같다. 시장바구니는 뭐하러 가져온 것일까. 수첩 크기만하게 접힌 바구니에는 초록생명공동체라는 글씨와 심볼 마크가 새겨져 있다. 아무래도 무릎의 책을 내려놓아야 할 것 같다. 바닥에 그냥 내려놓자니 책이 더러워질 것이 뻔했다. 버려도 될 만한 것을 찾아본다. 오늘의 환경 뉴스 복사본 중 한 장을 뜯어 물기 없는 곳을 골라 바닥에 깐다. 가방 안의 물건을 거의 다 꺼냈는데도 출장비 봉투는 보이지 않는다. 흐물흐물해져서 납작해진 종이컵이 아직도 가방 안에 들어있다.

어젯밤 나는 고집스럽게 이 컵에 술을 따라 마셨고 이 종이컵처럼 형체도 알아볼 수 없을 만큼 구겨지고 뭉개졌었다. 한 번 쓰이고 버려지는 게 서럽다? 그런 이유로 나는 끝까지 흐물거리는 종이컵에 술을 마셨다. 지금 생각하니 유치하기 짝이 없다. 나름대로 이유가 있긴 했다. 그것은 그 남자에 대한 항의였고, 매스

컴에 반짝 이름내기를 좋아하는 그에 대한 공격이었
다. 어쩌면 성과 없이 거품만 가득한 환경운동에 대한
혐오를 드러낸 것인지도 모른다. 그러나 결국 종이컵
이 문드러지듯이 나 역시 비웃음거리가 되고 말았다.

출입문이 열리고 손님 두 명이 고개를 들이밀었다가
한 명만 들어와 필름을 사 가지고 나간다. 가게는 네
명이 겨우 설 정도로 좁다. 나는 종이컵을 다시 가방에
쑤셔 박고 다이어리를 뒤진다. 꺼낸 것들을 쌓아 놓고
보니 이렇게 다양한 것들이 다이어리 한 권에 들어가
있다는 것이 신기하게 생각되었다. 그러나 그 많은 물
건 중에 출장비 봉투는 없다. 항상 이런 식이다. 머리
가 핑 돈다. 여분의 용돈은 전혀 없이 지하철 정액권
하나 달랑 들고 수원역으로 내려왔으니 이제 어쩔 것
인가. 누군가에게 돈을 빌려서?

……

수원에는 아는 사람이 없다. 사무실로 전화를 해서
돈을 가져오라고?

……

고개를 젓는다. 나의 무능을 광고할 수는 없다. 비웃
는 얼굴들이 스쳐 지나간다. 나도 모르게 양손으로 머

리를 부여잡고 소리를 질렀다. 큰 소리는 아니었지만 그 영감에게도 들릴 정도는 됐던 것 같다. 가게 주인이 끼어들었다.

"돈이 없으면 나중에 가져오던지……. 주머니도 찾아 봐야지."

주인은 지나치게 친절했다. 나는 그의 친절에 거부감을 느꼈지만 주머니에 손을 집어넣는다. 없다. 뒷주머니도 뒤져본다. 뒷주머니에 손가락이 들어가는 순간 두툼한 종이의 감촉이 느껴졌다. 출장비 봉투가 뒷주머니에 들어있다.

이게 어찌된 걸까.

봉투 안에는 만 원짜리가 다섯 장 들어있다. 천 원짜리도 있고……. 도무지 영문을 알 수 없다. 보통 일일 지방 출장비는 차비와 두 끼 식사비 정도인데. 주인은 승리의 기쁨으로 보이는, 과장되지 않는 미소를 짓고 있다. 나는 붉어진 얼굴을 들킬 것 같아 고개를 들 수 없다. 돈을 내고 물건들을 가방 안에 되는대로 쑤셔 박은 뒤 가게를 뛰쳐나왔다. 지하도 계단을 한꺼번에 네 개씩 뛰어내렸다.

이렇게 못났으니 그 사람이 떠난 거야.

나는 가방 안의 종이컵을 꺼내 쓰레기통에 던진다. 쓰레기통 가장 깊은 곳에 묻혀서 다시는 나오지 말라고 중얼거리며 있는 힘을 다해 던진다.

나직한 소란에 놀라 눈을 번쩍 뜬다. 동승했던 승객들이 차에서 내리고 있다. 나는 손등으로 입술을 훔치고 가방을 움켜쥔다. 창밖을 바라보니 사방이 연한 물빛으로 가득해서 망망한 바다 한가운데 떠 있는 기분이다. 여기가 사강인지, 정류장에 서 있기는 한 것인지 영 현실감이 없어서 선뜻 내리게 되지 않는다. 차 밖으로 발을 내딛으면 짠내나는 물속에 그대로 빨려 들어갈 것만 같다.

"여기가 사강 맞습니까?"

운전사는 청각장애인같이 표정 변화도 없이 고개만 끄덕인다. 귀찮아하는 것도 같고, 어서 내리기나 하라고 재촉하는 것도 같아서 나는 쫓기듯이 껑충 뛰어내린다. 바닥은 포장도 되어있지 않은 흙바닥이다. 한쪽 귀퉁이에 낡은 버스가 몇 대 서 있기는 한데, 그것들은 정류장에 잠시 정차해 있는 버스들이 아니라 오랫동안 그대로 버려졌고 앞으로도 사용되지 않을 것처럼 무기력해 보였다. 그리고 보통의 정류장에 있는 매표소라 던가, 많지는 않아도 차를 기다리는 손님도 눈에 띄지 않는다. 이곳의 지명인 송산면이나 사강 등의 지명이 붙은 표지판도 없다. 나는 길을 잃은 것 같은 불안을 느끼며 운전사에게 묻는다.

"마산포 가는 버스 여기서 타면 되나요?"

운전사는 같은 무표정으로 공중을 바라보며 왼팔을 들어 동남쪽 어딘가를 가리킨다. 나는 그 손가락 방향 을 눈으로 좇아가 보지만 거기가 어딘지 짐작을 할 수 없다. 그 방향은 하늘이거나 '아무 데도 아닌 곳'이거 나 '모든 곳'인 것도 같다. 그의 일관된 무표정 때문인 지 나는 그를 믿을 수 없다는 생각을 한다.

운전사는 손목을 흔들어 물러나라는 신호를 하고 내 가 뒤로 한 걸음을 떼기도 전에 차를 몰아 정류장 귀퉁 이에 세운다. 매연과 함께 먼지가 일어난다. 흙먼지를 뒤집어쓰고 서 있자니 나는 서부 활극의 무대에 와 있 는 느낌이다. 버스가 사라지자 눈에 들어온 매표소는 구멍가게를 겸하고 있는데, 그 안에 사람이 없다면 오 래전에 폐업한 것으로 착각할 만한 몰골이다. 그 구멍 가게 외에 달리 이렇다 할 건물도 없는 데다 겨울답지 않게 쏟아지는 햇살이, 흙먼지 이는 정류장의 무기력을 남김없이 드러내는 통에 이곳은 악당이 한바탕 휩쓸고 지나간 서부의 개척 마을 같이 적막해 보이는 것이다. 영화에서는 이런 마을에 낯선 행인이 나타나면 기둥 뒤쪽 같은 데서 아직 숨이 끊어지지 않는 남자가 튀어나와 악당의 이름을 부르며 죽어 가곤 한다. 내 앞에서 그런 일이 일어나더라도 전혀 이상할 것 같지 않다. 그런 비현실이 지금은 더 현실적으로 느껴진다.

차 안에서 골아떨어진 탓에 이 낯선 마을이 더욱 괴상스럽게 느껴지는지도 모르겠다. 정류장 건너편에는 조립식 건물 횟집이 여러 개다. 그것도 소매집 몇 개가 아니라 빨강, 검정으로 도매라고 쓴 간판을 달고 굴밥, 매운탕 등의 메뉴를 먼데서도 보이도록 걸어 놓은 집도 있다. 허기가 느껴진다. 어제저녁도 술안주로 때운 것이 고작이고 아침에도 냉수만 두 잔 마셨을 뿐이다. 그 생각을 하니 콧등이 시큰하다. 엄마 생각이 난다.

"말만 한 처녀가 뭔 꼴이냐!"

짧은 걱정 다음에는 품넓은 사랑이 쏟아진다는 걸 안다. 아버지 같은 사랑을 하는 엄마에 엄마 닮은 딸이다. 더는 걱정 끼치고 싶지 않다.

나는 횟집에 가서 마산포행 버스에 대해 물어보고 식사도 하기로 한다. 수족관에서 느릿느릿 움직이며 눈알을 돌리는 횟감들이 왠지 거만해 보인다. 놈의 징그러운 눈과 마주치자 나는 감시당하는 기분이 들어 걸음이 빨라진다. 무능의 증거는 곧바로 낙오자가 되는 길이다. 그대로 세상에서 잊혀지는 것이다. 나는 어디든 그놈의 눈길을 피해 들어가고 싶어져 가까운 집의 문을 연다.

문을 열자마자 나는 뒤로 넘어질 뻔하다가 문고리를 잡고 겨우 버틴다. 문은 유리로 되어 있지만 불투명한 시트를 붙여 놓아서 음식점 안을 전혀 볼 수 없었다. 안에서 튀어나와 내 가슴에 부딪힌 것은 여자다. 비명 섞인 소리로 살려 달라는 여자는 슬리퍼 차림에 머리가 옥수수수염같이 흩어져 있다. 나는 무슨 영문인지 알 수 없어서 여자가 내 뒤로 숨어도 그대로 서 있다. 그러자 곧 안에서 남자가 나타났다. 그의 몸에서는 술 냄새가 심하게 났다. 나는 남의 집 부부 싸움에 끼어든 것 같아 이 자리를 빠져나가려고 해 본다. 그러나 최근에 내 뜻대로 되는 게 어디 있던가. 나는 옆집 벽에 바싹 붙어 있어서 뒤로 물러날 수도 없었고 그 남자는 변

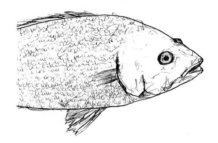

수족관에서
느릿느릿 움직이며
눈알을 돌리는 횟감들이
왠지 거만해보인다.
놈의 징그러운 눈과 마주치자
나는 감시당하는 기분이 들어
걸음이
빨라진다.

명할 틈도 주지 않고 내 멱살을 잡더니 이놈이냐 하는 소리와 함께 주먹을 올려붙인 것이다. 아프다고 느낄 틈도 없었다. 단지 얼굴에 바위가 날아와 부딪힌 것 같다고 표현할밖에. 그리고 다시 정신을 차리는데 한 십 초는 걸린 것 같다. 다행히 기절하지는 않았지만 바닥에 주저앉았고 피가 흘렀다. 코피가 뚝뚝 떨어져 앞자락에 붉은 점을 찍어 놓았다. 나는 몸을 추스려야 한다고 마음 급하게 중얼거린다. 이 남자가 공격을 하는 대로 맞고 있다가는 목숨을 부지하기 힘들 것 같았다. 내가 그놈이 아니라고 그놈일 수가 없다고 말하고 싶었다. 그런 해명이 의미가 없다. 경충한 키에 옷차림이라도 성적 정체성을 짐작할 수 있어야 그 말이 먹힐 텐데⋯⋯. 일단은 맞붙어 싸우던지 적어도 피하기라도 해야 할 것 같다. 여자는 어디로 갔는지 보이지 않는다. 그 틈에 도망을 간 모양이다. 나는 있는 힘을 다해 일어난다. 어물거리다가는 이 낯선 데서 죽을지도 모르겠다는 생각이 들자 정신이 또렷해지고 다리에도 힘이 주어진다. 다리 후리기로 남자를 넘어뜨리고 시간을 벌어야겠다는 생각을 할 만큼 정신을 차린다.

"아이고. 엉뚱한 사람을 패고 지랄이여어."

횟집 안에서 중년 여자가 나오더니 술취한 남자를 우악스럽게 밀어붙였다. 그 여자의 팔 힘이 세어서인지 남자가 술에 취해서인지 그 무서운 얼굴의 남자는 힘없이 나동그라졌다. 쓰러진 남자는 조금 전 바위 같은 주먹을 날리던 사람이라고는 상상도 못할 만큼 무기력했다. 여자는 온갖 쌍욕을 해대며 남자에게 재수 없으니 어서 꺼지라고 삿대질을 하고 발길질까지 했다. 그런데도 남자는 경사진 골목길 쪽에 초점 없는 시선을 던진 채 수모를 받아 내고만 있는 것이다. 그러더니 해삼같이 흐물흐물한 몸을 추슬러 그 길로 꾸역꾸역 기어들어갔다.

나는 앞자락에 떨어진 코피 자국을 지워보려고 손톱으로 긁어본다. 중년의 여자는 내 얼굴을 보더니 남아난 데가 없다며 혀를 쯧쯧 차고 안으로 들어오라고 말한다. 나는 얼굴이 어떻게 되었기에 남아난 데가 없다는 건지 조바심이 나서 당장 거울을 찾아 들여다본다. 입 주변과 목덜미까지 피로 범벅이다. 목덜미까지 코피 자국이 길게 이어져 있다. 피는 코에서만 흐른 것이 아니었다. 왼쪽 입술이 터져서 찢어진 부분에서도 피가 나와 혹처럼 덩어리지고 있다. 내 얼굴이 이렇게 끔찍해질 수 있다는 사실이 더 끔찍해서 몸서리를 치면서도 야릇한 쾌감으로 들뜬다. 잇몸이 찢어졌나 싶어 입술을 들추다 통증이 심해서 그만둔다. 이가 성한 것이 그나마 다행이다. 여자는 물 젖은 수건을 가져와 살살 닦아주며 그 남자가 원래는 착하고 똑똑했는데, 사업이 망하더니 정신이 돌아서 마누라에게 손찌검을 하고, 술만 먹으면 여기저기서 행패를 부린다고 나에게 해명하는 투로 말한다. 나는 내가 직접 피를 닦는 게 나을 거라며 수건을 받아들고 거울 앞에서 샅샅이 피를 닦아 낸다. 입술의 터진 살을 조심스럽게 들춰본다. 속살까지 깊이 찢어진 데다 멍까지 들어 당분간 음료수도 제대로 마실 수 없을 것 같다. 거기서는 선홍색 피가 샘물처럼 졸졸 흐른다. 알 수 없다. 찢어진 속살과 피로 범벅이 된 얼굴을 뜯어보노라니 몸이 점점 가벼워지는 것 같지 않은가. 노골적으로 표현하자면 가슴 끝에 매달려 있던 썩은 내장 하나가 터져버린 것같이 속이 후련해지는 기분이다.

출입문이 또 열린다. 늙은 여자와 갈색 파카를 입은 중년 남자가 들어오자 주인 여자가 아는 체를 하면서 또 일을 저지르고 저 위로 튀었다며 식당이 쩌렁쩌렁

울리도록 호들갑을 떤다. 그리고 나를 가리키면서 이 학생이 멋도 모르고 이렇게 맞아서 큰일 날 뻔한 것을 자기가 나서서 이 정도로 수습이 됐다고 말한다. 나는 좀 창피해져서 고개를 돌렸는데, 갈색 파카를 입은 남자가 와서 얼굴을 들여다보더니 병원에 가겠느냐고 물었다. 나는 괜찮다고 피가 좀 난 것뿐이라고 어설픈 발음으로 대답을 하고 고개를 돌렸다. 함께 들어온 여자는 의자에 털썩 앉더니 목쉰 소리로 내가 빨리 죽어야 이 꼴을 안 본다며 울먹이며 끄윽하는 소리를 냈다. 그러더니 흐윽하고 숨이 끊어질 듯한 소리를 또 낸다.

그 소리가 끔찍해서 나는 도망치고 싶어진다. 사실 나는 지나가는 사람일 뿐이다. 저렇게 지독한 고통을 옆에서 지켜보거나 그럴 필요도 없는 것이다. 대충 핏자국을 지웠으므로 더 이상 앉아 있을 이유도 없다. 수건을 놓고 일어서는데 갈색 파카 입은 남자가 그 여자에게 다가가 손을 잡으며 진정하시라고 이번에는 그놈을 잡아 꼭 병원에 데리고 가겠다고 굵고 침착한 목소리로 말했다. 그 말에 여자는 터져 나오려는 통곡을 삼키려다 또 끄윽하고 이상한 소리를 낸다. 나는 출입문 쪽으로 슬그머니 걸음을 옮기면서 그 여자를 본다. 검게 그을린 얼굴에는 생각보다 주름이 없다. 하지만 온몸에 수분이라고는 거의 없는 것같이 바짝 말라 보인다. 여자는 고개를 약간 뒤로 젖혀 뒤로 넘어갈 것 같은 자세로 앙상한 손목을 휘휘 내젓는다. 알았다 진정할 테니 걱정 마라. 그런 뜻일 것 같다. 가죽만 남은 목에는 진정하느라 그냥 삼킨 통곡의 덩어리가 뭉클뭉클 똬리를 튼 것처럼 주름이 셀 수도 없다.

횟집 문을 닫고 나서자 거짓말같이 맑은 햇살이 쏟아져 내린다. 몇 걸음 옮기면서 음음 소리를 내서 목청도 가다듬고 숨을 들이마셨다가 내쉰다. 목에 뭔가 걸린 것같이 답답해서 그렇게라도 하면 나을 것 같다.

오늘은 일진이 사나운 날이다. 아니 요즘은 매일 그렇다. 뭘하든 어디를 가든 항상 함정이 기다리고 있는 것이다. 거기서 나오려고 아등거리다 보면 제시간에 일을 끝내지 못하거나 다른 사람이 대신 일을 해결하게 되었던 것이다. 이번에도 펑크를 낸다면 나는 총무부에서 지로용지나 발급하게 될지도 모를 일이다. 빌어먹을. 마산포 가는 버스는 도대체 어디서 타야 하는 것인가. 이놈의 동네는 안내 표지판 하나 없다. 경찰도 없고 복덕방도 눈에 띄지 않는다. 그리고 길을 제대로 가르쳐 주는 사람도 없다. 어디로 가란 말인가.

나는 미쳤다는 남자가 올라간 그 길을 따라 올라가고 있다. 넓지 않은 곳이니 어디든 가다 보면 터미널을 찾게 될 수도 있을 것이다. 아무래도 내일 출근을 하기는 틀린 것 같다. 머리가 아프다. 찢어진 입술도 화끈거린다. 볼 근육이 뻑뻑해지는 걸 보니 본격적으로 부어오르나 보다.

길 맞은편에서 모자를 쓴 아저씨가 헐떡거리며 달려온다. 길을 물어 보고 싶지만 그는 뭐에 놀란 사람처럼 얼굴이 뻣뻣하게 굳은데다 급한 볼일이 있는 것 같아서 말을 붙일 수 없다. 이대로 조금 더 올라가 보기로 한다. 길 저쪽에 사람들이 많이 모여 있는 것이 보인다. 그들은 빙 둘러서서 뭔가 구경을 하고 있는 것 같다. 이제 길을 찾을 것 같아서 성큼성큼 다가가 본다. 누군가 고래고래 소리를 지르고 있다. 싸움이라도 난 것일까. 사람들이 모인 곳으로 거의 올라올 즈음 뒤에서 뛰어 올라오는 구두 소리가 난다. 돌아보니 조금 전 모자를 쓰고 내려간 아저씨와 횟집에서 본 갈색 파카를 입은 남자 그리고 그 뒤로 한쪽 무릎을 손으로 감싸고 절뚝거리며 나이든 여자가 올라오고 있다.

사람들이 모여 있는 곳은 시장인지 뭔지 알 수 없는 공터였는데 사람들이 빙둘러 서 있고 남자의 고함 소리가 들렸다.

"방조제를 깨부수자. 깨부수자. 깨부수자. 시화공단을 폭파하라. 폭파하라. 폭파하라. 대통령은 퇴진하라. 퇴진하라. 퇴진하라."

남자의 목소리는 시위대의 구호처럼 마지막 부분을 반복하고 있다. 목소리로 보아 한 사람이 소리를 지르고 있는 것 같다. 나는 뜻밖에 시화공단 얘기가 나오자 귀가 번쩍 뜨여 고개를 빼고 안쪽을 들여다본다. 소리를 지르는 남자는 미쳤다는, 나를 한 대 갈기고 튄 그 남자였다. 그는 다리를 벌리고 서서 한 손에는 횟집에서 고기를 건질 때 쓰는 뜰채를 들고 한 손에는 굴 까는 꼬챙이를 들고 구호를 외치고 있다. 머리에 주황색 바가지를 엎어 쓴 꼴이 미친놈의 행색이 분명했다. 그 물건들은 그 뒤쪽의 횟집이나 굴 까는 아주머니의 물건일 듯한데, 그 사람들도 이 남자를 못마땅하게 바라만 볼 뿐 어쩌지 못하고 있는 눈치였다. 그러다 갈색 파카의 남자가 도착하자 사람들은 약속이나 한 듯이 자리를 내주어 그 남자가 안쪽으로 들어갈 수 있게 했다. 기세등등하게 구호를 외치던 그 미친 남자는 갈색 파카를 보더니 팔을 내리고 뒤로 한 걸음 물러났다. 갈색 파카는 미친 남자에게 성큼 다가가 꼬챙이를 빼앗으려 했다. 그러자 미친 남자는 그의 팔을 치며 욕을 했다.

"이 망둥이 좆만도 못한 놈아. 너 같은 사기꾼 협짝꾼, 도둑놈은 죽어버려라아."

미친 남자는 갈색 파카의 정수리를 겨냥하고 꼬챙이를 내리찍었다. 구경하던 사람들 입에서는 일제히 우하는 소리가 튀어나왔다. 그러나 그 꼬챙이는 갈색 파카의 언저리에도 가지 못했다. 되레 갈색 파카는 꼬챙이를 빼앗아 던지고 미친 남자에게 주먹을 날렸다. 남자가 힘없이 나가떨어지면서 굴 무더기로 쓰러지는 바람에 굴 껍데기가 쏟아지고 그 남자는 굴 껍데기 속에 푹 묻혀 버렸다. 그 소리는 묘하게 극장에서 기립 박수를 칠 때와 같이 와르르 와르르르 부드럽게 울렸다. 남자는 굴 껍데기에 묻힌 채 꼼짝도 하지 않았다. 횟집 여주인은 비명을 지르며 왜 우리집에서 난리냐고 악을 썼다. 굴 껍데기에 묻힌 남자는 기절을 했는지 꼼짝하지 않는다. 갈색 파카는 사납게 쏘아보는 횟집 주인에게 머리를 조아리며 조용조용 말을 하고 나서 뜰채와 바가지를 건네주었다.

사람들이 수군거리는 소리가 들린다.

마누라가 또 도망을 갔대여. 이번에는 아주 가버린 게야.

다른 사람이 대꾸하는 소리도 잘 들린다.

여자가 그럴 만하지. 사업한다고 돈은 다 날려 먹고 매일 술타령에 계집질이니 누가 버텨 내겠나. 사업을 아무나 하나. 저 성질에는 물질이나 하면서 먹고살아야 허는데…… 보상금 멧푼받고 신세 망친 게여. 쯧.

나는 저 사람이, 저 미친 남자가 마산포에 살던 사람일거라는 짐작을 한다. 우락부락한 굴 무더기가 무덤 같아 보인다. 그래서 남자가 굴 껍데기를 헤치고 나오는 모습이 관 속의 미라가 일어서는 것처럼 무서웠다. 그 남자는 굴 껍데기 하나 들고 이를 보이며 헤 웃더니 중얼거린다. 무슨 소린지 알아들을 수가 없다. 갈색 파카 입은 남자가 미친 남자의 멱살을 잡아 일으키려하자 그 남자는 굴 껍데기 한 무더기 집어 갈색 파카 얼굴에 던진다. 갈색 파카가 욱 소리를 내며 한 걸을 물러선다. 눈에 뭐가 들어간 모양으로 갈색 파카 입은 남자는 손으로 눈을 가리고 비틀거린다. 그 틈에 미친 남자는 벌떡 일어나더니 굴 껍데기를 갈색 파카에게, 구경꾼들에게 마구 던지며 소리친다.

"난 이 냄새가 좋단 말이다. 굴 썩은 비린내가 진동하던 옛날이 좋단 말이다 이놈들아. 물어내라. 물어내."

미친 남자는 횟집 안으로 뛰어들어간다. 횟집 여주인은 비명을 지르며 밖으로 도망쳐 나와 구경꾼들을 잡고 어떡해 어떡해 하면서 발을 구른다. 잠시 후 미친 남자는 손에 시퍼런 회칼을 들고 나타났다. 구경꾼들은 겁에 질려 몇 걸음씩 뒤로 물러선다. 이번에는 갈색 파카도 그 남자에게 함부로 다가가지 못한다. 그는 진짜 일을 저지를 사람처럼 보였다.

미친 남자의 눈에서 불덩어리가 뚝뚝 떨어지는 것 같다. 갈색 파카도 한 걸음 뒤로 물러선다. 미친 남자는 짐승같이 사람들을 노려보다 허연 이를 드러내며 웃고 나서 수족관 안으로 펄쩍 뛰어들어갔다. 그러더니 그 안에 있던 물고기 한 마리를 잡아 껄껄 웃더니 물고기 주둥이에 쪽 입을 맞추고 밖으로 툭 던졌다. 이번에는 아예 수영을 하듯이 엎드렸다 일어섰다 하면서 고기와 물을 밖으로 퍼냈다. 그러면서 나는 물고기다

물고기다 그렇게 중얼거렸다.

이런 난동으로 구경꾼들이 넋을 잃고 있는데, 난데 없이 숨이 넘어갈 듯한 통곡 소리가 들렸다. 나이든 여자가 이제야 올라와 통곡을 하는 것이다. 이 여자는 다짜고짜 미친 남자에게 달려들었다. 갈색 파카가 아주머니 위험합니다 하면서 여자를 잡았다. 여자가 바닥에 주저앉아 목쉰 소리로 아이고 아이고 울면서 땅을 친다. 미친 남자가 다소 온순해지는 것처럼 보인다. 그러나 회칼은 여전히 움켜잡고 있다. 갈색 파카의 남자가 미친 남자에게 말을 건다.

"어머니를 봐서라도 니가 이러면 안 되는 거다. 이제 얼마나 더 사시겠니. 니가 원통해하는 마음 나도 이해를 한다. 나도 할 수만 있다면 네가 하자는 대로 하고 싶어. 하지만 시대가 변했다. 그리고 우리 마을 사람 욕심만 채우며 살 수는 없는 거 아니냐. 내가 약속하마. 너하고 어머니하고 네 가족들이 잘 살도록 최선을 다하겠다."

남자는 연극 대사를 읊듯이 한마디 한마디를 힘주어 말했다. 확신에 찬 듯한 그의 목소리를 듣노라니 그는 퍽 믿을 만한 사람일 거라는 생각이 든다. 누군가 소곤

멈춰! 이제 네 차례야

대는 소리가 들린다.

'저 짓을 언제까지 해야는지 쟤도 답답하겄다. 지가 앞장을 섰으니 책임이다만 동네 사람을 다 멕여살릴 수는 없잖은가.'

다른 사람이 말한다.

'어쩌것어. 포도 농사짓는 이들은 살만 헌 것 같고 사업한다고 나온 이들은 다 저꼴이드만.'

다른 남자가 말한다.

'거기가 관광지로 개발이 된다는 건 언제 되는건가. 그렇게 되면 이곳 경기도 좀 살아나지 않것어?'

다른 남자가 말한다.

'개발이 돼야 되나보다 하지. 개발된다던 게 하루 이틀 나온 말인가 어디.'

내 추측이 맞았다. 저이들은 시화호 사람들이다. 저 사람들을 여기서 이렇게 만나다니…….

"주둥이는 여전하군. 그래."

미친 남자가 뜻밖에 차분한 목소리로 말을 한다. 수족관에서 물을 뚝뚝 흘리며 회칼을 들고 서 있는 모습은 여전히 미친놈으로 보이는데 목소리는 멀쩡하다.

"뻔드르한 언변으로 언제까지 사람들을 속일 수 있

을까. 너 같은 인간은 부모 형제가 다 죽어도 잘 먹고 잘 살 수 있는 잘난 놈이라는 거 세상이 다 안다. 하지만 세상에는 너같이 잘난 놈들보다 나 같은 등신이 훨씬 많단 말이다. 너 같은 놈들이 머리 굴려서 뒤죽박죽 만들어 놓은 세상에서 피눈물 흘리는 사람들이 훨씬 많단 말이다. 너는 대가를 치러야 돼. 너 같은 잘난 놈들만 없어지면 세상은 몇 배나 좋아질 거다. 이걸 보여 주기 위해서 너 같은 놈은 죽어야 돼."

그 남자가 스프링처럼 튀어 올라 갈색 파카의 얼굴에 회칼을 휘두르는 순간 갈색 파카를 입은 남자는 억하고 짧은 비명을 지른다. 갈색 파카를 입은 남자가 얼굴을 감싸고 앞으로 고꾸라졌는데도 사람들은 감히 다가서지 못한다. 미친 남자는 회칼을 휘두르며 공터 반대편의 길로 사라진다. 그가 사라지고 나서야 사람들은 사태를 수습하기 시작한다. 갈색 파카의 남자는 보기와 달리 거의 다치지 않은 것으로 확인되었다. 이마에 칼이 얕게 스쳤을 뿐이다. 갈색 파카의 남자는 이렇게 되면 법대로 처리할 수밖에 없다며 사람들에게 경찰을 부르도록 명령조로 말하고 나이든 여자와 함께 길 아래로 내려간다.

나는 갈색 파카가 미친 남자를 도망가도록 방치했다는 느낌을 받는다. 그리고 경찰에 의뢰한다는 것은 미친 남자를 살인 미수의 범죄자로 만들겠다는 의미일 것이다. 미친 남자가 칼을 내리칠 때 갈색 파카는 피하지 않았다. 어쩌면 조금만 다치도록 살짝 피했는지도 모른다. 어쨌든 미친 남자가 갈색 파카의 적수가 되지 못한다는 사실은 확실해 보인다.

사람들이 흩어진 공터에 색바랜 버스 한 대가 멀쑥하게 서 있다. 그 차 앞 유리에 마산포라는 행선지 표시가 붙어 있다. 그 버스를 보고도 나는 반가운 마음이 들지 않는다. 마산포라는 이름을 대하자 거기에 왜 가는지, 가서 뭘 어떻게 할지 막막한 생각이 들 뿐이다. 잠시 후 이 공터의 분위기와 어딘지 어울리지 않는 경찰 순찰차가 사이렌을 울리며 올라와 버스 옆에 정차하고 그 안에서 정복 경찰 두 명이 내린다. 순찰차는 지금 막 도색 집에서 나온 것처럼 티 하나 없이 말끔하다. 경찰은 횟집 주인에게 이것저것 물어 보는 것 같았고 주인이 주어다 놓은 죽은 물고기들을 손가락으로 쿡쿡 찔러 보기도 했다. 횟집 주인이 손가락으로 미친 남자가 달아난 골목을 가리키자 경찰은 그 방향을 가는눈으로 바라보더니 순찰차를 몰고 그쪽으로 천천히 사라진다.

나는 순찰차가 사라진 그 길로 뒤따라 올라간다. 순찰차는 낮은 엔진 소리를 내면서 미끄러지듯이 골목을 정찰하고 그 바람에 여학생들이 길 양쪽으로 갈라져 쭈뼛거린다. 이 골목은 조립식 건물이 한 채도 없고 색칠한 간판을 내건 집도 없다. 낮은 판잣집들이 키재기를 하듯이 골목을 따라 늘어섰고 그 사이사이 철물점이나 양복점이 있다. 이십 년이나 삼십 년 전부터 시간이 정지된 것이 아닐까 싶을 정도로 촌스럽고 궁색한 길이다. 순찰차는 이제 보이지 않는다.

나는 송산초등학교 정문까지 가서 잠시 걸음을 멈춘다. 학교에서는 일이 학년쯤 돼 보이는 꼬마들이 몰려 나온다. 아이들은 한결같이 등에 거북이 가방을 메고 한 손에 플라스틱 조립 비행기를 들고 있다. 연두색의 복엽기다.

할아버지는 항상 새로운 비행기로 나를 놀래 주었다. 그것이 부친을 잃은 다섯 살짜리를 위로하는 당신 나름대로의 사랑이었던 모양이다.

"여기에 모터를 달면 진짜같이 날 수도 있어."

멈춰! 이제 네 차례야

나는 걸음을 멈추고 뒤돌아 그 꼬마를 본다. 내 팔을 치고도 당돌하게 지나간 녀석의 아는 체하는 말투는 꼭 나의 어린 시절 같다. 비쩍 마르고 키도 작아 눈에 띄지 않던 내가 아이들에게 자랑할 것은 다양한 모델의 비행기뿐이었다. 하늘을 나는 무선 조종 헬기를 가져왔을 때는 제법 학교가 떠들썩했다. 운동장에 구경 나온 아이들도 많았고 교실에서 손을 흔드는 아이도 있었다.

아이들이 점점 많아진다. 모두 비행기를 들고 나오는데 어깨쯤의 높이에 정면을 향하고 있어 곧 이륙할 것처럼 보인다. 수백 기의 연두색 복엽기가 일제히 날아오른다면 참 멋질 것이라는 상상을 한다. 나는 어느새 웃고 있다. 비행기를 날리던 순간은 부족함 없이 행복했었다. 학교 운동장에서 날리던 헬기가 박살나기 전까지는…….

공터 쪽으로 방향을 돌린다.

비행기가 바닥에 던져지고 밟혀서 박살이 나자 며칠 동안 학교에도 안 가고 그 후로도 오랫동안 나는 말을 잃었었다. 내세울 것 하나 없던 꼬마에게 비행기는 세상의 전부나 마찬가지였던 것이다. 그때부터 나는 이

별을 배웠지만 아직도 익숙해지지 않는다.

올라올 때 버스가 언제 출발하는지 물어볼 것을 그냥 왔다는 생각을 한다. 버스가 떠나 버리지는 않았을지 걱정이 된다. 속도를 내어 걸으려니 얼굴이 흔들려 아프다. 나도 모르게 손으로 얼굴을 감싼다. 한쪽이 표나게 부푼 것을 손가락의 감촉으로 알 수 있었다. 얼굴이 왼쪽으로 매달린 것 같아 오른쪽으로 고개를 틀어 본다. 오른쪽 골목은 한 사람이 겨우 걸어갈 정도로 좁고 국도로 이어져 있다. 골목의 중간 정도에 해장국이라고 붓으로 쓴 간판이 보인다. 나는 다시 고개를 왼쪽으로 돌린다. 그때 파란 불꽃이 내 눈을 찔렀다. 나는 다시 골목을 살펴본다. 해를 안고 있어서 눈이 부셨지만 골목의 계단에 누군가 앉아 있는 것이 분명히 보였다. 나는 그가 회칼을 들고 달아난 그 남자라는 생각을 한다. 멀리서 보아 확실히 알 수야 없는 일이지만 직감으로 그 남자라는 것을 느낀다.

나는 잠시 망설이다가 그냥 공터로 내려온다. 버스는 아직 떠나지 않았다. 한 시간에 한 대씩 배차되어 있으며 출발하려면 삼십 분이나 기다려야 한다. 그 시간이면 간단히 요기를 하기에는 부족하지 않지만 이 그는 아무것도 하지 않고 앉아있다.
나도 그렇다.
내 마음에 남아있는 그리움을
먼저 보내고
나는 마산포에 갈 것이다.
그리움이 비워질 때를
기다리는 남자 옆에
나도 앉아 있다.

얼굴로는 물을 마시기도 힘들 것 같다. 여학생들이 모여 있는 떡볶이집 쪽으로 가 본다. 뭘 먹기가 마땅치 않다. 학생들은 손을 교복 윗도리의 작은 주머니에 꾹 찔러 넣고 한 손으로 떡을 찍어 먹는 모습이 좀 모자라 보인다. 저 옷을 입으면 멀쩡한 사람도 모자라 보인다.

나는 공터를 천천히 거닐다가 다시 남자가 있는 골목으로 가 본다. 남자는 아직도 그 자리에 앉아있다. 두 팔을 앞으로 늘어뜨리고 해를 바라보고 있다. 그의 뒷모습에 시선을 고정시키고 있다보니 그 남자가 먼 데 있는 점처럼 작아 보였다. 집에서 쫓겨나 혼자 울고 있는 아이같이 처량하고 안쓰러워 보였다. 나는 저 남자가 미쳤다고 생각하지 않는다. 단지 버릴 수 없을 뿐인 것을. 사람들이 그를 미친놈으로 만든 것이다. 특히 그 갈색 파카. 그 남자의 매끄러운 얼굴을 떠올리자 주먹에 힘이 들어간다. 그 남자는 박철원과 어딘지 닮은 것 같았다. 그리고 나는 저, 미친 남자와 닮은 꼴이다.

한참을 서 있어도 남자는 손가락 하나 움직이지 않는다. 나는 남자에게 다가가 보기로 한다. 위험하다는 생각은 들지 않았다. 단지 무슨 말을 해야 할지 그게 걱정이었다. 남자는 내 발짝 소리를 들었을 텐데 여전

멈춰! 이제 네 차례야

히 굳어진 채로 있다. 나는 넉살 좋게 그의 얼굴을 슬쩍 들여다본다. 역시 미친 사람의 눈빛이 아니다. 날이 넓은 회칼이 남자 옆에 쓰러져 있다. 나는 무슨 말이든 해야겠다는 생각을 하고 되는대로 입을 연다.

"전 마산포로 가요."

남자는 대답도 없고 고개도 돌리지 않는다.

"전 아저씨가 미쳤다고 생각하지 않아요."

그는 아무것도 하지 않고 앉아있다. 나도 그렇다. 내 마음에 남아있는 그리움을 먼저 보내고 나는 마산포에 갈 것이다. 아무것도 하지 않고 남자 옆에 앉아있다.

심화요탑 설화

1

잘 다듬어진 잔디정원.

정원 쪽 테라스에 매달린 하얀 그네까지. 정성들여 만든 인형의 집 같은 목조주택이다. 따뜻한 5월의 바람이 정원을 가볍게 흔들고 지나간다. 조는 듯 기울어져 서쪽으로 가있던 하현달이 바람에 놀랐는지 더 밝은 빛을 쏟아낸다. 조명등을 밝힌 장식장처럼 정원이 환해진다. 바람에 실린 라일락의 향기가 순식간에 퍼진다. 봄의 나른함에 취해 질식할 것만 같다.

장미덩쿨로 된 담장 아래쪽에서 하얀 물체가 벌떡

일어서더니 정원을 가로질러 테라스를 지나 현관문을 열고 들어선다. 순식간에 일어난 일이라서 그 물체가 무엇인지……. 아니 그보다는 쇼윈도의 장식품 같던 곳에 갑자기 움직이는 물체가 나타난 탓인지도 모르겠다. 살짝 열린 현관문이 흔들린다. 그 안에 들어간 하얀 물체가 무엇인지 아직 보이지 않는다. 어디선가 소쩍새가 울기 시작했다. 아직도 짝을 찾지 못한 소쩍새인가……. 흔들리는 현관문이 소쩍새 울음을 흉내내듯이 박자를 맞춘다. 흔들, 흔들들 흔들, 흔들, 흔들들 흔들. 흔들.

현관문이 활짝 열린다. 그리고 시원해 보이는 흰 원피스 차림의 여자가 큼직한 접시를 손에 받쳐들고 나온다. 갸름하고 단정한 얼굴이다. 쌍까풀은 없지만 속눈썹이 길어 시원해 보이는 눈에 미소를 가득 담고 있다. 어깨까지 자란 생머리는 단정하게 뒤로 묶었다. 그녀는 춤이라도 추듯이 가볍게 장미덩쿨 아래로 간다. 투명한 스커트 자락이, 머리에 묶은 흰색 리본 끈이 영혼처럼 흔들린다. 소쩍새가 두 마리 운다. 아마도 두 마리가 짝이 될 모양이다.

그녀는 접시를 테이블 위에 내려놓고 스커트 자락을

여미며 앉는다. 테이블 위에는 이미 맥주 한 병의 뚜껑이 열려있고 잔에는……. 두 개의 잔에는 맥주가 채워진다. 그녀는 턱을 괴고 앉아 사랑스러운 눈으로 맞은편의 맥주잔을 아니, 장미덩쿨 아래 어딘가를 보고 웃는다. 그녀의 눈길이 머물러 있는 그 자리는 장미 그림자에 가려 잘 보이지는 않지만 바위같이 둥글고 거무스름한 것이 있는데, 꼭 사람이 웅크리고 앉아있는 모양이다. 자세히 살펴보니 그것은 넝쿨식물이다. 잎은 작고 귀여운 하트 모양이다. 잎사귀 아래마다 진한 핑크의 작은 꽃이 방울방울 달려있다. 우락부락한 밑둥만 아니라면 사랑스럽고 앙징맞은 넝쿨식물이다. 뿌리로 이어지는 가운데 줄기는 키가 크게 자라지도 않았으면서 몹시 굵어서 근육질의 남자가 연상된다. 잎과 줄기가 전혀 어울리지 않아 보인다. 저렇게 앙징맞은 잎이 저 흉측한 줄기에서 나오다니…….

"오늘 같은 날 맥주를 마시노라면 세상에 더 부러울 것이 없어요. 당신은 맥주를 좋아했잖아요. 자 안주도 당신이 좋아하는 것이에요."

여자는 잔을 들어 맞은편 잔에 '창~' 소리나게 부딪히고는 정말로 시원하다는 듯이 단숨에 마셔버린다.

입가에 거품이 약간 묻어난다. 여자는 자랑하려는 듯이 으스대는 표정이지만 그곳에는 아무도 없다. 발가락을 핥아줄 강아지도 한 마리 없다. 그녀는 한 방울도 줄어들지 않은 맞은편의 잔을 미소 띤 얼굴로 바라보더니 밝은 목소리로 말한다.

"맥주가 미지근해졌죠? 자 그러면 이걸 마셔요. 이건 시원할 거예요."

여자는 허리를 구부린다. 테이블 아래에는 휴대용 아이스박스가 놓여있다. 뚜껑을 열자 그 안에 들어있는 맥주가 보인다. 얼음의 냉기가 그녀의 종아리를 더듬었는지 오돌오돌한 소름이 돋는다. 그녀는 새 맥주를 꺼내어 병따개로 뚜껑을 연다. 과연 시원한 맥주답게 물방울이 맺히고 뚜껑이 열리는 소리도 시원하게 들린다. 그리고 주둥이에서 안개가 모락모락 올라온다. 미지근해진 맥주를 한쪽에 부어버리고 여자는 골골 소리가 나게 새 맥주를 두 잔 모두 채운다. 잔에는 새로운 물방울이 맺힌다.

"자 이제 시원할 거예요. 단숨에 들이키기예요?"

여자는 잔을 들어 건배하는 시늉을 하더니 다시 한 잔을 쉬지 않고 마셔버린다. 잔을 내려놓으며 맞은편

잔을 바라보는 그녀의 눈이 물빛으로 반짝인다. 무표정하게 맥주잔을 바라보는 그녀의 얼굴은 석고상같이 돌변하여 비현실적인 느낌이다. 박제된 정원의 장식같다. 정원은 고요하다. 기운 없는 소쩍새 소리만 작게, 작게 들린다. 아직도 짝을 찾지 못했나보다.

"미안해요. 우는 건 아니에요. 트림을 했나봐요."

그녀는 손가락으로 두 눈을 번갈아 눌러준다. 그러나 이미 코끝이 빨개져있다. 몸을 돌려 탁 트인 정원을 향해 눈을 감고 심호흡을 한다. 큰 숨을 내쉬는 소리가 들린다. 서너 번 그렇게 하더니 다시 돌아앉는다. 이제는 맞은편의 잔도, 장미덩쿨 아래의 그 식물도 바라보지 않고 말한다. 깔끔한 안주접시를 만지작거린다.

"자~ 당신이 좋아하는 거예요. 손이 많이 가는 요리를 좋아했잖아요."

하얀 접시에는 종류가 모두 다른 꼬치가 네 개나 놓여있다. 살짝 익힌 새우살과 꽃 모양으로 썬 사과, 삼각형의 얇은 당근과 둥근 막대 모양의 오이. 그리고 꼭지 부분은 체리로 장식되어 있다. 그리고 또 다른 꼬치는 닭고기와 피망, 샐러리를 함께 어울렀고 또 다른 꼬치는 소고기를 살짝 익혔다. 그리고 치즈로 새를 만들어 네 모퉁이를 장식하고 사이사이에 샐러드를 놓아 숲처럼 만들었다. 가운데는 투명한 푸딩을 얹고 그 위에 초콜릿 시럽으로 십자가 모양을, 십자가를 그려놓았다. 먹어버리기에는 너무 예쁘고 손대기 아까운 요리였다. 꼬치 하나 만드는데 수십 번씩 손질을 한 것 같았다. 그녀의 손놀림에 접시가 약간 돌아가자 푸딩 위의 십자가가 파르르 흔들린다. 그 십자가는 어딘지 비장해 보이기까지 했다. 그 십자가 탓인지 몰라도 이 정성스럽고 장식적인 요리는 묘지를 떠올리게 했다. 꽃으로 장식된 무덤들을……. 그녀는 접시 끝을 만지작거리다 다시 눈물을 닦는다. 그러나 이내 냉정한 눈으로 장미덩쿨 아래를 바라본다. 근육질의 식물을 노려본다. 꼼짝않고 한참을 그렇게 노려본다. 이제 소쩍새도 울지 않는다. 왠지 소름끼치는 고요함이다. 그 넝쿨식물의 가는 줄기 하나가 그녀에게 달려들 듯이 움직이는 것 같았다. 바람 때문일까. 줄기 하나가 그녀 쪽으로 다가오는 것처럼 보였다. 그때 전화벨이 울린다. 그녀는 꿈에서 깨어난 듯이 놀라 수화기를 잡는다. 선배 연주다.

"너 또 식물하고 대화 중이니? 이제 너도 그 짓은 그만하고 남자를 사귀어 봐."

예리는 시계를 들여다본다. 역시 10시다. 열 시임을 확인하면서 자신에게 짜증스러워진다. 열 시면 어떻고 열한 시면 어떻단 말인가. 그러나 자신이 시간에 관해서는 강박적인 태도를 가진다는 것을 인정하지 않을 수 없다. 모든 실험에서 시간은 절대적인 요인이었다. 완벽한 결과를 내기 위해 온몸의 신경을 곤두세워야만 했다.

연주는 거의 매일 이 시간에 전화를 한다. 그리고 그날 있었던 일을 미주알고주알 얘기하고 하소연하고, 고민을 털어놓다가 자기 혼자 결론을 내린다. 사실 예리가 하는 일은 수화기를 들고 있으면서 가끔 듣고 있다는 표시만 하면 되는 정도다. 연주는 최근에 사귀던 남자가 자신을 떠나려 하는 것 같다고 했다. 그녀의 고민은 늘 그런 문제였다.

"그 자식을 죽이고 싶어!"

연주는 언젠가 했던 소리를 한다.

"말~도 안 돼!"

예리는 자신도 놀랄 만큼 큰소리로 말한다. 그리고 후회를 한다.

"그게 왜 말이 안 돼? 그런 놈은 죽어 마땅하다구. 지가 날 죽인거나 마찬가진데 내가 절 죽인대서 무슨 할 말이 있겠어? 우리나라는 왜 권총을 안 파는 거니? 자살할 때는 그게 제일 깨끗한데 말야. 그래 차라리 내가 죽는 게 나은지도 몰라. 그 사람이 무슨 잘못이 있겠니. 내가 싫어서 떠나겠다는데……."

연주는 울먹였다. 연주는 결국 자살하거나 그 남자를 죽일 수가 없다. 그것은 보지 않고도 뻔히 알 수 있다. 그녀가 이런 말을 한두 번 한 것도 아니며 항상 실행하기 직전에 다른 사랑을 시작했다. 게다가 그녀의 입으로 말했다. 권총도 없지 않은가……. 그녀에게 절망은 새로운 사랑의 시작이다. 부럽다.

전화를 끊고 나서 그녀는 귀를 만진다. 전화를 끊을 때면 귓바퀴가 저릿저릿하다.

"이제 들어가 자야겠어요. 재미없어요. 앞으로도 계속 입을 다물고 있으면 다시는 이런 파티를 하지 않을 거예요."

이때 놀랍게도 어떤 남자의 목소리가 들린다.

'그래 내가 잘못했어' 잘각

'오늘은 이만 자도록 해.' 잘각

'피곤해서 신경이 예민해진 것 같아.'

그녀는 비로소 기분좋은 미소를 짓는다.

"그래요. 피곤해서 신경이 예민해진 것 같아. 어쩌면 오늘 저녁때 다녀간 경찰 때문에 신경이 쓰였나봐요. 정원 곳곳을 유심히 살펴보고 갔어요. 아 참 그건 당신도 지켜봤겠군요. 미안해요. 내가 말이 너무 많았나봐요. 이만 쉬세요."

그녀는 남은 맥주와 술잔, 남은 음식을 챙겨 목조주택 안으로 사라졌다. 남자 목소리가 녹음된 카세트도 쟁반에 담겨 실내로 옮겨진다.

2

그녀의 연구실.

식물의 감정과 행동. 예리는 〈식물의 감정반응 연구〉라는 논문을 준비하고 있다. 학계 유망주인 박 선배와 함께다. 식물에게 음악을 들려주거나 좋은 말을 함으로써 식물의 생장에 긍정적인 영향을 줄 수 있다는 일본 학자들의 주장이 한국에서도 소개되었다.

연구소에서는 식물의 유전자 편집과 더불어 감정재

배기법이라는 농작물 생산에 획기적인 작물 개발에 혈안이 되어 있었다. 벤처기업을 만들고, 거액의 연구개발비를 따오고, 해외 수출까지 하는 일은 유행처럼 연구소와 대학을 휩쓸고 있다. 예전같이 공부만 잘하는 샌님들이 차지하고 있는 공간은 아니다.

그런데 유망주라는 박 선배는 농작물 작황은 관심도 없다. 식물의 감정반응과 행동에 지나치게 집착한다. 식물을 들여다보는 집요함은 관찰이 아니라 광기에 가깝다. 오늘도 식물과 한 몸이 되어버릴 듯이 몰입하고 있다.

주머니 속에 넣어둔 핸드폰이 진동한다. 예리는 얼굴을 찡그린다. 재빨리 주머니에 손을 넣어 전화기를 꺼낸다. 400배율 현미경 관찰 도중에는 엄청난 진동이다.

"여보세요?"

"나야."

박 선배다.

예리는 고개를 돌려 박 선배를 본다. 그는 식물원 안쪽에 있다. 그는 등을 돌리고 선 채 식물을 들여다보고

멈춰! 이제 네 차례야

있다. 일지에 기록을 하고 있는 것 같아 보이기도 했다. 예리는 고개를 갸웃한다. 부르면 될 거리인데 전화를 할 이유가 없다. 잘못 들었나 싶다. 시선은 박 선배를 향해있다.

"누구세요?"

"오늘 퇴근 후에 잠깐 봐. 기막힌 걸 보여줄 테니."

박 선배의 목소리가 맞다. 아주 나직하고 비밀스럽게 들린다.

……

"알았어요."

박 선배는 통화를 마치자 등을 돌려 예리를 본다. 입가에 가벼운 미소를 띠고 있다. 실험복 주머니에 핸드폰을 집어넣는다. 예리는 미소로 답한다.

알 수 없는 남자다. 얼굴 생김새며 말하는 것. 행동거지 어느 구석에서 악마를 찾아낼 수 있으랴. 그런데…….

예리의 눈은 투명한 막이 덧씌워진 것처럼 담담해진다. 때로 그녀의 눈은 무감각, 무감정의 빛으로 변하곤한다. 그 눈을 보고 있으면 곤충의 겹눈을 보고 있는 것 같아서 무엇을 보는지 어떤 느낌인지, 어떤 기분인지 전혀 짐작할 수 없게 된다.

예리는 작년 이맘때의 박 선배를 떠올리고 있었다.
박 선배는 그때도 은밀하게 예리를 불렀다. 그리고 보
여준 것은 인도네시아 밀림에서 가져온 특이한 식충식
물이었다.

"잘 보고 있어."

그는 실험복 소매를 걷어붙이고 상자 속에 손가락을
집어넣었다. 상자 안에는 하트 모양의 작은 잎을 달고
있는 넝쿨식물이 들어있었다. 물을 주지 않아서 시든
것처럼 축 늘어져 있었다. 박 선배는 조심스럽게 그 식
물을 꺼내어 테이블 위에 올려놓았다.

"겨우 이걸 보여주려는 거였어요? 이건……."

예리가 손을 뻗어 그것을 만지려하자 박 선배는 예
리의 손등을 거칠게 쳐냈다. 예리는 '악!' 하고 소리를
질렀다. 손등이 얼얼했다. 멍이 들었나 싶을 정도여서
예리는 불만스럽게 박 선배를 노려보았다.

"위험해. 만지지마."

박 선배의 얼굴은 진지했다. 그러더니 싸늘한 미소
를 지었다.

멈춰! 이제 네 차례야

"흔적도 없이 사라지고 싶다면 모를까……."

그의 목소리는 차가웠다. 예리는 말문이 막혔다. 오싹한 느낌을 주었다. 이 사람은 내가 알던 그 남자가 아닌 것 같다는 묘한 느낌이 예리를 혼란스럽게 했다. 안경으로 가려진 그의 작은 눈이 먹이를 노리는 파충류 같다.

그는 장갑을 찾아 끼더니 검지손가락으로 조심스럽게 그 식물을 건드렸다. 그 식물은 예사 식물과 비슷해 보였고 별다른 반응을 보이지도 않았다. 박 선배는 고개를 갸웃거리더니 코를 만지작거렸다. 그러더니 장갑을 벗고 조심스럽게 그 식물에게 손가락을 내밀었다. 시든 것처럼 늘어져있던 그것은 여전히 반응을 보이지 않았다.

손등을 주무르던 예리는 그만 짜증이 난다.

"박 선배. 이 관찰에 내가 꼭 참가해야 돼욧?"

"쉿!"

박 선배는 왼손 검지를 입술에 댔다. 예리는 무작정 나가버릴 수도 없는 입장이라 팔짱을 끼고 무심하게 보고 있었다. 박 선배는 그 식물을 향해 얼굴을 들이댔다. 그의 콧김에 잎이 살짝 흔들릴 정도가 되었다. 마치 향기를 맡으려는 모양으로 박 선배는 다가갔다. 코를 벌름거리기도 했다.

"으음~ 좋아~"

예리는 짜증이 났다. 저 식물은 향이 독특한 식물 중 하나일 것 같았다.

'이게 신기한 거라고 호들갑을 떨다니……'

연구라면 완벽하고 깐깐하기로 소문난 사람이지만 이런 행동은 천재들의 괴벽이라고 해야 할까? 그가 예리에게 이성으로 관심이 있어서 이러는 것은 아니었다. 그에게는 '퀸'이라는 별칭으로 불리는 아내가 있었다. 연구소에서 뿐 아니라 학창시절부터 그녀는 그런 별칭으로 사람들의 이목을 끌었다. 최근에는 실종상태라서 또 관심을 모으고 있기는 했다.

예리는 시계를 들여다보았다. 퇴근시간은 이미 50분이나 지났다.

다른 날 같으면 이미 집에 도착해서 편안한 시간을 보내고 있을 시간이다.

예리는 이제라도 집에 가야겠다고 마음먹고 박 선배를 바라보다 실소를 터트렸다. 박 선배는 마치 황홀경에 빠진 얼굴로 눈까지 지그시 감고 있었다. 혼이 홀딱

멈춰! 이제 네 차례야

빠져나간 사람 같았다.

"그렇게 좋아요?"

예리는 호기심이 나서 허리를 숙여 식물 가까이 다가가 냄새를 맡아본다. 별다른 향기가 느껴지지 않았다. 그런데 식물의 넝쿨손이 움직이는 것같이 보였다. 콧김 때문에 흔들린 것 같아 고개를 들자 넝쿨손이 예리를 따라오는 것이 아닌가. 깜작 놀라 뒷걸음쳤다. 오싹한 느낌이 들었다. 박 선배의 콧구멍 속으로 넝쿨이 미끄러지듯이 스며들고 있었다. 그의 얼굴이 창백해지고 있었다. 예리는 겁이 났다.

"박 선배 정신차려요~"

그의 어깨를 거칠게 흔들었다. 그 순간 넝쿨손이 박 선배에게 달려들었다.

"아악~"

예리는 박 선배를 식물의 반대쪽으로 거칠게 밀어 넘어뜨렸다. 얼마나 세게 밀었는지 그는 의자에 부딪히고 나서 바닥에 나뒹굴었다. 박 선배는 무슨 일이 벌어졌는지 알지 못했다. 마치 최면에서 깨어난 사람처럼 "무슨 일이야?"라고 물었다.

식물은 처음 모습처럼 축 늘어져 볼품없이 웅크리고

있었다. 예리는 겨우 입을 열었다.

"저게 움직였······. 아니 움직이는 것 같았어요."

시들시들한 식물을 보자 예리 자신도 그것이 움직였다는 사실을 믿을 수가 없었다. 근거 없는 추측이나 착시현상을 사실인 것처럼 말했다가는 혹독한 대가를 치르는 것이 이른바 전문가들의 세계였다. 예리는 자신의 눈을 의심하기로 마음먹는다.

"그래? 움직였단 말이지? 어째 반응이 느리네? 기후가 달라서 그런가?"

박 선배는 담담하게 말했다. 옷을 털고 일어서더니 이번에는 덩굴손을 장갑도 안 끼고 다시 상자에 집어넣었다. 그리고 당황해서 경직된 예리에게 말했다.

"이게 사람도 먹어치우는 식충식물이야. 특히 대단한 건 동물의 혈맥을 귀신같이 찾아내서 순식간에 피를 뽑아낸다는 점이지. 그리고 그 동물의 몸을 숙주로 번식을 해. 원주민들 중에는 이놈한테 당한 자가 꽤 있다더군. 시험 삼아 돼지 한 마리를 미끼로 던져봤는데 눈 깜짝할 사이에 돼지는 사라지고 이놈만 번식해 있더라구. 향기로 먹이를 유인한다던가?"

"이런 걸 왜 가져와요? 허락받고 가져 온 거예요?"

"허락?…… 낄낄."

박 선배는 파충류같이 웃었다.

그때는 박 선배가 왜 그 식물을 몰래 들여왔는지, 그에게서 느껴지는 오싹함은 무엇인지 짐작할 수 없었다. 그러다 지난겨울 3분과 팀장이 흔적도 없이 사라지고 이어 박 선배의 아내인 오수련이 사표를 냈을 때, 그와 동시에 3분과 팀장과 오수련이 연인이었다는 소문이 났을 때 예리는 그 시들시들하던 덩굴손을 떠올린 것이다.

예리가 박 선배에게 물었다.

"왜 나에게 덩굴손을 보여줬어요? 내가 어쩔 줄 알고?"

"글쎄……."

박 선배는 한참 뜸을 들이다 말했다.

"너는 공감할 수 있을 것 같았어."

"무슨 공감요? 내가 왜?"

나의 반감에도 불구하고 박 선배는 코웃음을 칠뿐이었다. 그의 아내마저 사표를 내고 사라지면서 연구소

직원들은 틈만 나면 모여 동네 복덕방 노인들처럼 쑤군거렸다. 예리는 박 선배에게 정이 떨어졌다.

"괴물 같으니……. 자기가 한 짓을 내가 모를까 봐? 어디다 대고 공감 운운이야."

치정에 얽힌 남녀의 동반 실종사건 속에서 누가 봐도 박 선배는 피해자였다.

'일에만 몰두하고 아름다운 아내를 거들떠보지 않은 죄로다…….' 그런 식의 소문 속에 진실은 묻혀가고 있었다.

3

"사랑이라는게 참 이상해요. 죽도록 사랑하다가도 그 사람이 돌아서면 죽이고 싶어질 만큼 증오하니까 원수가 아니고 뭐예요? 안심하세요. 내 얘기는 아니니까. 당신도 알죠? 연구실에 박 선배, 깐깐하고 원칙주의자라서 석사논문 쓸 때 고생했다고 말했잖아요. 그래도 학자로서는 그만한 재목도 없다고들 하던데……. 연구소로 형사들이 찾아왔대요. 날 만나러 온 게 아니구요. 박 선배를 보러요. 살인혐의를 받고 있나봐요.

그런데 증거가 없대요. 이상하죠? 살인을 했다면 증거가 왜 없겠어요? 아무래도 경찰이 뭘 잘못 안 것 같아요. 그 사람이 어딜봐서 살인을…… 난 박 선배를 믿기로 했어요. 이것 좀 드세요."

예리는 땅콩을 오징어에 돌돌 말아 맞은편에 놓인 작은 접시에 얌전히 놓는다. 접시에는 뽀얀 오징어 살에 말린 땅콩이 소복하게 쌓여있다. 정원에는 바람 한점 없고 초여름의 나른한 더위가 찾아와 있다.

"이런~ 당신이 좋아하는 거품이 다 꺼져버렸네. 자이건 좀 시원할 거예요."

예리는 휴대용 아이스박스에서 맥주를 꺼내어 맞은편에 놓인 잔에 따른다. 반쯤 차있던 잔에 거품이 일고 살짝 넘쳐 흐른다. 예리는 자신의 잔에도 맥주를 더 따른다. 병에 맺혀있던 이슬이 손가락을 따라 흘러내린다. 병을 내려놓고 잔을 들어 맞은편 잔에 살짝 부딪히고 맛있게 한잔을 비운다.

"아~ 시원해. 벌써 맥주가 좋을 만큼 더워졌으니……. 세월이 정말 빠르죠? 우리가 만난 지도 벌써 햇수로는 2년째예요. 이렇게 오랫동안 우리 사랑이 변치 않다니 남들이 알면 놀랄 거예요. 그죠?"

……

들떠서 약간 갈라진 예리의 목소리가 잦아들자 정원은 다시 고요한 가운데 달빛만이 라일락 향기를 타고 끄덕끄덕 흔들릴 뿐이다. 예리는 병을 들어 맥주를 소리나게 따른다. 잔이 넘쳐 거품이 흘러내리는 것을 보면서도 멈추지 않아 거품이 흘러내린다. 그것을 바라보며 예리는 즐거운 듯이 웃고 있다.

달빛을 받아 창백해 보이는 볼을 타고 물방울이 흘러내린다. 한 방울, 두 방울……. 그녀는 따르던 술병을 멈추고 고개를 든다. 눈이 젖어있다. 물 고인 눈으로 담 그늘 어딘가를 더듬는다. 담장 아래는 시들어가는 수선화와 이제 막 피어난 붓꽃, 꽃송이가 막 영글어가는 장미들이 다투어 그녀에게 눈을 맞추고 있다. 그러나 그녀는 바위를 껴안고 있는 검은 덩어리에 시선을 고정하고 움직이지 않는다. 작고 볼품없는 잎을 달고 있는 덩굴은 그녀의 시선을 의식한 듯이 솜털을 흔들며 움직이는 것같이 보인다. 쑥스러워하는 것도 같고 엉큼스럽게 숨어있는 도둑 같기도 하다. 나쁜 짓을 하다 들킨 어린아이 같기도 했다. 납작하게 바닥에 붙은 모양도 아니고 나무처럼 키가 크지도 않아 밤에 보면 사람이 앉아있는 것처럼 보였다. 그녀의 시선이 집요하게 그 덩굴에 머문다. 얇은 입술을 꼭 다물고 쏘아보는 모습은 당장이라도 달려가 웅크린 덩굴을 짓이겨버리려는 것처럼도 보였다. 어제보다 더욱 작아진 덩굴은 그녀의 서슬에 지레 겁을 먹고 바위를 꼭 껴안는다. 이윽고 그녀는 하얀 이를 드러내며 씨익 웃는다.

"맥주가 참 많네요. 전에는 다섯 병쯤은 순식간에 비웠잖아요. 당신 주량이 줄었나봐요. 요즘 건강이 안 좋은 건가요? 몸이 점점 왜소해지는 것 같아요."

예리는 손가락으로 눈물을 닦아내고 잔을 든다. 그리고 건배할 때처럼 팔을 쭉 뻗는다. 마주치는 잔은 없다. 예리의 시선은 덩굴을 보고 있다. 다시 눈물이 고인다.

"하지만 금세 다 먹어치울 거예요. 자 건배!"

덩굴손 한 줄기가 예리의 내민 손목 쪽으로 휙 날아온다. 그 순간 얇은 꽃무늬 치맛자락이 가볍게 흔들린다. 이마에 흘러내린 머리도 살짝 날린다. 예리는 맥주를 단숨에 들이킨다. 맥주와 함께 짭쪼름한 눈물이 입술 사이로 파고든다.

전화벨이 울린다. 예리는 시계를 들여다본다. 연주

에게 전화가 걸려오는 시간은 열 시경이다. 시계를 들여다보면서 자신에게 짜증이 난다. 열 시면 어떻고 아니면 어떤가. 확인할 필요가 없는데도 연주에게 전화만 오면 열 시인지 확인을 하고야 만다. 무엇이든 계획되어야 하고 꼼꼼하게 준비해야만 잠이 오는 습관도 그렇다. 맞추어진 틀에만 익숙했던 자신의 삶이 요즘 들어 숨막히고 답답하게 느껴졌다.

"너 정원에 또 나와 있니? 오늘 같은 봄날 혼자서 무슨 청승이니? 남들이 지나다 보면 여우가 둔갑해서 사람된 줄 알겠다. 거기는 인가도 드물다며 넌 무섭지도 않아? 남자 하나 구해줄게. 주말에 시간 좀 내라."

"요즘 실험 때문에 시간이 없어. 매시간 관찰기록을 해야 하거든. 주말이 다 뭐니?"

연주는 기획프로그램을 맡았다고 했다. 치정 살인에 관한 내용인데, 회의 때 문득 생각나서 제안했더니 부장 이하 피디들이 모두 흥미를 갖더라는 것이다.

"하필이면 치정 살인이야? 끔찍하게……."

"그래도 시청률은 높을 걸? 사랑과 죽음과 돈. 이것보다 더 재미있는 건 없지. 게다가 대부분의 치정 살인이 극히 잔인한 방법으로 자행된다는 것도 호기심을

멈춰! 이제 네 차례야

끌잖아. 신문 기사를 뽑아봤더니 치정 살인의 경우는 토막살인도 예사야. 그럴 수밖에 없을 거라고 생각되지 않니? 너 같으면 어떻게 죽이겠어. 아주 잔인하게 죽이고 싶지 않겠어? 일종에 복수니까 악이 받칠대로 받쳐서 저지르는 살인이거든. 눈에 뵈는 게 없는 거지."

　……

"하긴 너야 누굴 좋아해 본 적도 없으니 치정 살인에 공감 못하는 게 당연하다. 미치도록 누군가를 사랑해 본 사람이 아니라면 살인충동까지는 아닐거야."

　미치도록 사랑……

　그랬었나……

　그것이 미치도록 사랑한 거였다고 연주가 알려주고 있다. 그저 연주의 경험으로 그렇다는 말이었다. 그렇다면 치정 살인은 범죄일까? 연주는 치정 살인 옹호론으로 빠질 기세다. 봄날 밤이 이렇게 지나간다.

　범행으로부터 평균 1년 전까지의 사이가 대개의 경우 범인의 생애에서 행복한 시기가 된다. 이때는 정착한 듯이 보인다. 그러나 실은 그때 적응하라는 압력을 계속 받는데 이러한 외관상의 적응기가 적어도 한 달은 있다. 범인들은 내성적인 경향을 띠며, 이런 사람이 밀접한 인간관계가 생겨 의미있는 관계로 발전하려는 순간, 거절당하지 않을까 하는 두려움과 의존욕구(살인자들은 대개 의존욕구가 강한 편이다.) 등이 충족되지 않으면서 갈등이 생기고 이것이 점점 심화되면서 자기의심, 긴장, 분노가 쌓여가다가 어느 순간에 사소한 언쟁 끝에 살인을 저지르게 되는 것이다. 일반 살인의 경우도 전혀 모르는 타인에게 살해된 경우보다는 부모나 처자, 형제자매, 애인인 경우가 70%가까이 된다.

살인자란 망상, 환각, 죄책감, 적개심에 사로잡힌 정신병자요, 상당수는 급성 신경증 환자이고 대다수는 성격장애자로 심리학자들은 보고 있다.

그러나 일각에서는 피살자가 죽음을 자초하는 경향이 있다는 견해를 제기하기도 한다. 어떤 사람은 공연히 적대감을 갖고 주위 사람을 반복적으로 찝쩍대는 경향이 있다는 통계가 있으며, 일부에서는 오히려 살인자는 정상인데 피살자의 성격이 이상하더라는 결론을 내리고 있다. 이러한 사례는 다음의 경우에 해당할 수도 있을 것이다.

현재 이십 년째 복역 중인 무기수는 군대가기 전에

사귀던 애인이 있었다. 휴가 나올 때 애인에게 자랑하려고 권총을 가지고 나왔다. 애인과 동침을 했다. 그런데 애인이 곧 결혼할 거라는 말을 했다. 그 순간 남자는 분노가 폭발해 여섯 발의 총알을 그녀에게 발사하고 말았다.

이러한 사랑의 비극은 비단 오늘날만의 일이 아니다.

역옹패설의 기록이다. 고려시대 기생과 사랑을 나누던 원님이 그 마을을 떠나게 되었다. 그러나 그 기생은 관기인지라 원님이 떠나면 다시 다른 남자의 여자가 되어야 했다. 그리하여 원님은 술에 취한 어느 날 그 기생의 볼을 촛불로 심하게 지져 그 누구도 가지지 못하도록 하였다고 한다. 원님은 그 기생을 지극히 사랑하였다고 한다.

예리는 정원의 테이블에서 연주가 연출한 프로그램을 보고 있다. 그러다 무섭다며 "당신"에게 손을 잡아달라고 말한다. 그러다 돌변하여 사납게 소리친다.

"그만둬요. 당신 손은 너무 차."

그리고 테이블을 정리하려다 또 사납게 말한다.

"난 당신과 한 약속을 지켰을 뿐이에요. 분명히 약속

했잖아요. 무슨 일이 있어도 날 떠나지 않겠다고."

갈라져 쉿소리 나는 그녀의 목소리 끔찍했다. 절망의 깊이가 느껴지는 쓸쓸하고 섬뜩한 목소리다.

"그래. 내가 잘못했어." 잘각

"오늘은 이만 자." 잘각

"요즘 피곤해서 신경이 예민해진 것 같아." 잘각

예리는 정원을 이리저리 오가며 하늘을 바라보다, 머리를 쥐어뜯으며 흐느끼다, 주저앉았다가 벌떡 일어나 꽥 소리를 내지르기도 한다.

이때 그 〈당신〉의 목소리가 말한다.

"나도 너와 항상 함께 있고 싶어. 하지만……. 휴우~ 그럴 수 없다는 거 너도 알잖아. 내가 어떤 입장인지. 아이와 아내를 그리고 가족들은 다 버릴 수는 없잖아."

남자는 계속 중얼거리는데 연주가 내지르는 소리에 묻힌다.

"그러면 왜 시작했어. 당신이 나타나기 전까지 난 아주 평범하게 잘 지내고 있었어. 나쁘지 않았다구. 조금 외롭기는 했지. 하지만 유부남을 사랑할 만큼은 아니었어. 내가 미쳤어? 그런 짓을 하게? 그런데 당신이 그렇게 만들었잖아. 날 함정에 빠뜨리기 위해서 그 많

멈춰! 이제 네 차례야

그래 내가 잘못 했어.

찰각.

오늘은 이만 자도록 해.

찰각.

은 시간과 그 많은 선물과……. 한 달 동안 통화한 테이프가 두 박스나 됐어. 내가 그걸 다 녹음하고 있을 줄은 몰랐겠지?"

〈당신〉의 목소리가 다시 들린다.

"너 미친 거 아냐? 히스테리도 웬만해야 봐주지. 거기가 어디라고 전화를 해서 그 따위 소리를 해. 내 마누라한테 너의 존재를 알리면 내가 이혼이라도 하게 될 줄 알았어?"

예리는 테이블에 설치된 단추를 신경질적으로 누른다.

끼릭거리는 신경질적인 소리를 내며 테이프는 멈춘다.

〈당신〉은 녹음된 목소리였다.

4. 사랑의 恨을 달래는 노래

〈심화요탑 설화〉

지귀는 신라 활리역 사람이다. 선덕여왕의 미모를 사모하여 근심하고 눈물을 흘려 모습이 초췌해졌다.

멈춰! 이제 네 차례야

왕이 절에 향을 피우러 갈 때 (소문을) 듣고 불렀다. 지귀는 절의 탑 아래에 가서 행차를 기다리다가 홀연 깊은 잠에 빠져들었다. 왕은 팔찌를 빼어 가슴에 놓아두고 궁으로 돌아갔다. 나중에 잠에서 깨어나자 지귀는 한참을 애통해하였다. 마음의 불이 나와 그 탑을 돌게 되니, 즉 변하여 불귀신으로 된 것이다. 왕이 술사에게 명하여 주문을 외우니 다음과 같다.

― 수이전(殊異傳) ―

志鬼心中火
燒身變火神
流移滄海外
不見不相親

지귀의 마음의 불이
몸을 태우고 불귀신이 되었네
창해 밖으로 옮겨가
보지도 말고 친하지도 말지라

심화요탑 설화   181

연주는 고전을 뒤져 지귀의 사랑이야기를 찾아냈다. 예리는 박 선배와 전화통화를 하다 지귀에 대해 말했다.

지귀의 한은 지금도 창해를 떠다니는 불귀신으로 있을까? 아니면 푸르고 시린 바다에 녹아 거품이 되었을까? 구름이 되었을까? 어디로 가서 무엇이 되었을까?

식물의 사랑과 인간의 사랑은 어떻게 다른가?
박 선배의 관찰과 기록을 살펴본다.

꽃들의 사랑 — 목적은 오로지 자손의 번식
곤충과의 사랑, 바람을 이용, 암술과 수술간의 관계 — 그들의 감정은 어떨까? 서로를 좋아할까? 독점하고 싶어 할까? 암수 딴 나무의 경우와 암수 한 그루인 경우는 또 어떻게 다를까?
식물이 사랑을 하는데 인간보다 우월한 점은 다리가 없다는 점이다. 움직일 수 없기 때문이다.

박 선배의 사랑은 열렬하고 순수하다. 그는 새로운 식충식물을 예리에게 보여주었다. 예리는 그것이 무엇인지 안다. 그것 안에 무엇이 있는지…… 아니! 안다기보다는 짐작한다. 사라진 박 선배의 아내. 그의 말은 어디까지 진실이고 어디까지 거짓 혹은 상상일까?

"우리가 한 일은 어쩌면 저놈의 농간이었을지도 모른다는 생각이 들어. 우리 의지가 아니라 저놈의 계획대로 놀아난 거지."

박 선배는 예리가 이미 알고 있다고 단정하는 말투다.

박 선배는 예리 쪽으로 턱을 돌린다. 예리를 보는 것은 아니다. 그러나 작고 쏘아보는 듯한 그의 눈에서 예리는 죽음과 회한과 원망 같은 것을 읽어낸다. 움직이지도 초점도 없는 그 무기질의 눈에 배신자를 단죄하는데 흘릴 눈물 따위는 단 한 방울도 들어있지 않을 것 같다. 예리는 마른침을 삼킨다.

"우……리?"

올가미?

심장박동이 급해진다.

박 선배는 코웃음을 치며 입술 사이로 쇡쇡하는 이상한 소리를 낸다. 사랑은 뜨거웠을지 모르겠으나 박 선배의 본성은 차가운 종류다. 그는 순간 무심한 표정으로 덩굴손을 본다. 예리는 손등을 볼에 댄다. 어느 결에 얼굴이 달아있다.

"그런데…… 저 녀석의 계획은 아직도 진행 중이야. 아직 끝나지 않았어."

그는 점점 모를 소리만 한다. 식물의 운동성도 좋고 식물의 변태, 돌연변이 다 좋다. 하지만 식물이 무슨 음모라도 꾸몄다는 것인가? 예리는 더 이상 그의 곁에 서있고 싶지 않다. 그의 기이한 행동과 상상력은 일반인의 상식은 물론이고 과학자의 호기심으로 보기에도 지나치다.

"계획이라니요? 박 선배 그런 소리하다가는 학교에 못 붙어있어요. 오컬트예요? 괴테가 식물을 지고한 존재로 봤다면 그건 시인이기 때문에 용인된 거예요. 하지만 우리는 과학자예요. 줄기가 해를 향해 자란다는 걸 증명하기 위해서 새까만 상자에다 강낭콩을 열 번이나 키워 보고도 고작 그런 경향이 있다고 말하는 사람들이라구요. 더 이상 말도 안 되는 소리 듣고 싶지 않아요."

예리는 평소보다 큰 목소리로 말을 하고 나서 차분

멈춰! 이제 네 차례야

하게 숨을 내쉰다. 이제 되었다. 이제 상식적인 선에서 세상을 잴 수 있을 것 같다. 입 밖으로 튀어나온 말들은 선언이 되었고 다짐이 된다. 그 말이 진실인양 믿고 살면 되는 것이다. 심장박동이 점차 평온해진다.

"나는 가겠어요."

"야!"

돌아서려는 예리를 박 선배가 거칠게 잡아 세운다. 예리는 눈을 부릅뜨고 뒤돌아본다. 다시 한 번 아니 몇 번이라도 큰소리로 말할 수 있을 것 같았다.

식물이 어떻게 사람을 죽인다는 거죠? 그렇다면 증거가 있을 거 아녜요. 증거가 있어요? 증거가 있냐고요. 나는 결백해요. 당신이 뭔데 증거도 없이 나를 질책하는 거죠?

그러나 텅빈 그의 눈을 마주하자 한마디도 할 수 없다. 그는 이미 무너지고 있다.

"그 사람을 느끼고 싶지 않니?"

……

그는 울고 있다.

"난 모르겠어. 도저히 안 돼."

남자의 눈물이 흰 가운에 툭! 툭! 무겁고 축축한 자국을 만든다.

"그 여자한테 가고 싶어. 그러면 이렇게 외롭지 않겠지?"

예리는 머릿속이 환해지는 것을 느낀다. 무기질의 눈이 되어 그의 눈물을 바라보며, 서늘한 바람이 뒷머리를 뚫고 지나가도록 그대로 서서 그의 눈물을 바라본다.

이게 저놈의 계획이라는 건가요? 우리가 그 무서운 짓으로 얻은 게 뭘까요?

눈물에 그의 불이 녹고 있다. 바다로도 못 가고 좁아터진 몸 안에서 날뛰던 지귀의 불귀신이 그의 눈물에 녹아내리고 있었다.

5. 死

연주는 치정 살인 취재를 진행하면서 알게 된 심리

학자와 좋은 사이가 될 것 같다는 말을 하며 기대에 부
풀어있다. 연주와 통화를 하면서 예리는 만찬을 준비
한다. 핸즈프리 전화기를 귀에 꽂고 〈당신〉이 좋아하
는 음식과 장식들을 챙긴다. 예리도 어딘지 들떠 보이
고 기대감에 차있는 것 같다. 오늘은 음악까지 틀어놓
았다.

만찬을 준비하고 예리는 〈당신〉을 처음 봤을 때의 의
상을 입는다. 그리고 아름다운 추억을 얘기한다. 그리
고 그에게 사과한다.

"당신이 원하지 않는 일을 두 가지 했어요. 당신 부
인에게 전화한 일은 나도 모르게 저지른 일이었어요.
용서해줬으면 좋겠어요. 당신을 곤란하게 만들 생각은
…… 정말 ……(이 말은 진심이 아니다. 그녀는 그에게 복수하
고 싶었다) 그리고 당신을 그 안에 가둔 건 …… 아마도
당신이 그렇게 되길 원하지는 않았을지도 몰라요. 대
신(그녀는 환하게 미소짓는다) 우리가 약속한 대로 내가 함
께 있어줄게요."

예리는 덩굴손에 다가가 향을 맡는다. 그러자 천상
에 올라간 것 같은 황홀감에 빠지고 〈당신〉의 손길을
느낀다. 그의 숨결이 느껴지는 바로 그 순간! 덩굴은

아마도 당신이 그렇게 되길
원하지 않았는지도 몰라요
대신 우리가 약속한 대로
내가 함께 있어 줄게요

예리의 몸 구석구석. 모세혈관까지 손을 뻗어 순식간에 피를 빨아들였다. 무성해진 덩굴은 아직 따뜻한 예리의 몸을 빈틈없이 감쌌다. 넓은 잎 사이로 달빛을 받아 창백하게 빛나는 예리의 미소.

다음날 아침은 오월의 첫날답게 화창하고 아름다웠다. 예리의 집은 온데간데없고 산비탈에는 풍성한 덩굴이 초록빛으로 빛나고 있다. 잎은 탐스럽고 윤기 나는 하트 모양이다. 모퉁이에 라일락 한 그루가 작고 야무진 잎을 반짝이고 있다.

봄날 저녁. 젊은 연인이 언덕을 오른다.
〈사랑초〉라는 별명이 붙은 하트 모양의 덩굴 근처다.
둘은 다투며 올라오고 있다. 여자는 둘의 사랑이 식었음을 거듭 강조한다. 남자는 애걸하듯이 매달린다. 그러다 여자가 설득되는 듯하고 여자는 남자의 손을 잡고 덩굴로 다가가 둘은 덩굴에 기대어 사랑을 나눈다.
여자가 말한다.
"향기가 좋아."

남자가 말한다.

"영원히 너와 함께 있고 싶어."

덩굴손이 그녀의 목을 더듬어 내려간다.

멈춰! 이제 네 차례야

경복궁 지하철역

김 과장은 어깨에서 흘러내린 가방끈을 끌어올리다 균형을 잃는다. 반사적으로 팔을 뻗어 에스컬레이터 벨트를 잡는다. 눈앞에서 쥐불놀이 깡통 같은 작은 불꽃이 정신없이 맴돌고 다리마저 후들후들하게 풀린다.

어디쯤이 바닥인지 가늠도 못하면서 김 과장은 무조건 양쪽 다리 옆에 내려놓았던 짐가방을 허겁지겁 집어들고 발을 내딛는다. 어깨에 걸쳤던 끈 짧은 핸드백이 흘러내리며 손목을 친다. 시큰한 통증을 느끼지만 발을 헛디딜까 무서워 손등의 붉은 자국을 바라만 보고 있다.

"에구 이런."

뒤에서 누군가 내뱉은 소리.

김 과장은 자신이 넘어졌거나 짐이 나뒹굴었나 보다 싶어 귓불이 달아오른다. 눈앞에 아지랑이가 아른거리고 아무것도 보이지 않는다. 현기증이다.

이러다 쓰러질 것 같다는 생각이 들지만 몸을 움직일 수 없다.

이 또한 지나가리……

이렇게 현기증이 심할 때는 기다려야 한다. 그러면 점차 아지랑이가 사라지고 사물의 형상이 나타난다. 무스탕 코트깃에 거북이처럼 움츠려 넣은 노인의 얼굴이다.

"괜찮우?"

참 안됐구나, 진심으로 걱정된다는 표정이다. 정작 노인의 인상도 편안하지는 않다. 깊은 주름이 미간을 중심으로 다글다글 모여서 험준한 바위산 같은 인상이다.

"네 괜찮아요."

김 과장은 천연덕스레 웃으며 대답을 하지만 자신의 입가에 미소를 지었는지 우는 표정을 지었는지 확신이 없다. 단지 누구든 자신을 걱정하게 만들지 않으려는

멈춰! 이제 네 차례야

삼십구 년간의 습관이 작용을 했을 뿐이다. 권 노인은 여전히 미심쩍은 표정으로 김 과장을 뜯어보더니 문진을 마친 한약방 주인처럼 고개를 든다. 그리고 쇼핑백을 김 과장 앞에 내민다. 김 과장은 쇼핑백을 알아보고 황급히 받아든다. 쇼핑백이 바닥으로 툭 떨어진다. 가방의 무게에 다시 아찔해진다. 쇼핑백 하나를 에스컬레이터에 놓친 모양이었다.

쯧쯧.

권 노인은 건넸던 쇼핑백을 다시 들어서 가까운 의자 위에 올려놓고 플랫폼 안쪽으로 걸어간다.

그제야 김 과장의 시야에 권 노인의 모습이 선명하게 들어온다. 손가락이 끊어질 듯한 통증도 느낀다. 어깻죽지는 부어오른 걸까? 벽돌만한 철판 한 장을 메고 있는 것처럼 무겁고 둔하다.

'파스라도 붙일걸 그랬나봐.'

혼잣말을 한다.

어쩌면 파스 따위로 해결될 상태가 아닐 수도 있다. 쇼핑백을 올려놓은 의자까지 걸어가서 쇼핑백 옆에 앉는다.

끄응~

살며시 앉으려고 했는데 무릎을 십오 도쯤 굽히자 썩은 감나무 부러지듯 철푸덕 무너진다. 누가 보고 웃을 것만 같아서 주변을 둘러본다. 그를 보고 있는 사람은 없다. 아니 사람이라곤 없다. 전철 한 대가 막 떠났는지 플랫폼은 한산했다.

한숨 돌리고 나자 손등의 긁힌 부분이 쓰리고 욱씬거린다. 인상을 쓰며 몇 번 문지르고 가방에서 핸드폰을 꺼낸다. 전철역 지하도를 내려오는데 벨이 울렸다. 짐을 내려놓을 자리를 찾는데 전화가 끊겼고 두번째는 받자마자 끊어져 버렸다. 핸드폰 화면에는 '부재중 전화2'가 찍혀있다. 음성이나 문자메시지는 없다. 남편의 전화이거나 사무실일 것이다. 점심시간이니 사무실에서 전화할 일은 없을 것이다. 손목시계를 확인한다. 김 과장의 얼굴이 포르말린에 절인 것처럼 창백하고 허옇게 변한다.

시곗바늘이 1시 26분.

점심시간은 열두 시 반부터 한 시 반까지다. 물론 직원들이 한꺼번에 그 시간에 식사를 하지는 않는다. 특히 김 과장이야 늦게 먹고 일찍 들어오는 식의 생활이 오래 신은 구두처럼 몸에 딱 배어 있던 사람이었다.

이게 무슨 일인가?

정상적으로 작동하던 사고체계가 강력한 태풍에 휘말린다. 그는 꽉 짜여진 톱니바퀴같이 살던 사람이었다. 작은 톱니 하나가 멈추면 그대로 고물이 되어버리는 그런 타입이었던 것이다. 대충 엉성하게 살아지는 그런 류는 되지 못했다.

근무 중 집에 들른 것은 남편의 전화, 핸드폰으로 걸려온 그 사람의 전화 때문이었다. 이런 생각을 하던 김 과장은 돌연 고개를 좌우로 흔든다. 오늘의 고생이 남편 탓이라고 생각하는 자신의 유치함을 책망하는 것이다.

그러나 사태는 이미 나약해진 자신을 다잡는 것으로 복구될 수 있는 정도를 훨씬 넘어서고 있었다. 그에게 허락된 시간은 고작 4분. 일상의 완전한 회복. 아니면 파멸이다. 어지러움을 느껴 눈을 감으며 이마에 손을 댄다. 이마에는 땀이 맺혔는지 축축하다.

오늘은 컨디션이 아침부터 엉망이었다. 피곤할 때면 으레 원인으로 꼽히던 생리적인 현상을 떠올리며 날짜 계산을 해본다. 그 때문은 아닌 것 같다. 첫째와 둘째를 낳은 날이 가까워졌는지도 따져보지만 두 아이는 모두 봄에 낳았으니 한겨울에 산후통이 올 리 없다. 어쩌면 짐을 챙겨오느라고 점심을 걸러서 그런 것일 수도 있다. 나이를 먹으면 밥심으로 산다는 말도 하지 않던가.

고개를 들어올리는 것조차 힘겨워 굳어져 있던 김 과장은 가늘고 긴 손가락으로 작고 살 없는 얼굴을 감싸더니 어깨를 들썩인다. 소리를 내지 않으려고 애쓰는 바람에 어깨는 더욱 심하게 흔들린다. 수서행 열차가 들어온다는 안내 방송이 나온다.

권 노인은 신문 판매대에 걸어놓은 신문들의 기사 제목을 읽는 척하면서 고개를 숙이고 있는 젊은 여자를 힐끔거린다. 여자가 울기 시작했다는 것은 먼 데서 보아도 분명히 알 수 있다.

"그렇다니까, 그럴 줄 알았어."

그는 사정을 알고 있기라도 한 듯이 혀를 쯧쯧 차더니 턱을 약간 들면서 차 안을 들여다본다. 주머니에 두 손을 찔러 넣고 윗몸을 벤치 등받이에 기댄 채 지하철이 열리는 거며, 사람이 내리고 타는 모양, 그 안에 앉아있는 사람들의 요모조모를 관찰하고 있다.

　　　　　　　　　　멈춰! 이제 네 차례야

이 차는 구파발에서 출발을 했는지 타고 있는 사람이 적어서 한눈에 다 볼 수 있을 정도다. 이 시간이라면 종로3가가 아니라 종점까지 간대도 굳이 전철의 혼잡도는 고려할 필요가 없을 것이다. 승객이 다 내리고 문이 잠깐 더 열려있는데도 권씨는 탐탁치 않은 표정으로 입맛을 쩍쩍 다실 뿐 차에 오르지 않는다.

"안 타시우?"

퉁명스러운 말투지만 가판대 안에 앉아있는 중년 여인의 입가에는 싫지 않은 웃음이 번지고 있다. 여자는 권 노인과 농짓거리라도 하고 싶어 하는 표정을 감추지도 않는다. 권 노인은 못 들은 척하며 시계를 들여다보고 다시 울고 있는 여자 쪽으로 고개를 돌린다. 가판대의 여자도 고개를 돌려 우는 여자를 보고 말한다.

"왜 저런데? 요즘 것들은 남부끄러운 줄을 몰라요. 당최."

출입문이 닫히는 것을 확인하면서 권씨는 주머니 속의 에스에스크림(조루증 방지용 크림)을 만져본다.

포장을 벗긴 알몸뚱이라서 손끝에 닿는 느낌이 징그럽게 매끈하다. 며칠이 지나도 낭패의 기억은 거울 속에 드러나 주름처럼 선명할 뿐이다. 한숨이 난다. 그런 짓을 하다니…….

권씨에게 그 일은 '짓'이다. 노인들이 모여있는 공원에 가서 하루를 지내는 것도, 산책로에서 커피를 마시며 윤기 없는 정을 나눠보려는 짓도 그에게는 부질없게 생각되었다. 어쩌면 그런 생각은 칠십을 바라보면서도 잡고 있던 지푸라기 같은 자존심이었을지도 모른다. 그런데 지푸라기를 버리고 잡아본 것이 썩은 동아줄처럼 툭 끊어지면서 그는 자신이 부여잡고 있던 것이 지푸라기도 아닌, 썩을대로 썩은 먼지 뭉치였다는 사실을 확실하게 인정하고 만 것이다. 그날부터 두 다리는 해실해실하게 풀어져서 공원의 낙엽더미 속으로 빨려 들어갈 것만 같아 이제 공원에는 날씨 탓을 하지 않아도 가기가 싫었다.

자리를 옮겨 가판대를 등지고 앉는다. 주머니 속의 크림은 아무리 만져도 위안이 되지 않는다.

비아그라나 에스에스크림쯤은 아무렇지도 않게 사대는 친구놈들도 있지만, 그는 그런 종류의 약을 제 손으로 사본 적이 없었다. 그러다 바로 그날, 제법 호탕하게 웃어대는 꼴이 어딘지 통할 것같이 생각되던 그 여자가 파는 커피를 한 잔 사 마시고 한 이십 년 만에

흥, 다 늙은 주제에…,
불쌍해서
말동무나 되어주려 했구만…

치러 본 그 일이 시작도 못하고 낭패를 당하자 홧김에 약국에 들어갔는데, 그땐 부끄러운 줄도 몰랐다.

김이 오르는 커피잔을 코앞에 디미는 손은 진한 색 매니큐어를 발랐으나 혈관이 불거지고 손등에 자잘한 검버섯도 피어있다. 주름 굵은 얼굴이지만 미소를 짓고 있는 신문 가판대 여인이다. 넘치는 친절이 불편하다. 권씨는 눈살을 찌푸리며 엉덩이를 돌린다. 여인은 미소를 거두고 눈을 흘기는데 순식간에 오만정이 떨어지는 사나운 표정이 된다. 여인은 권씨를 한참 노려보다 혼자 중얼거린다.

"흥 다 늙은 주제에…… 불쌍해서 말동무나 되어주려 했구만……."

그러더니 슬리퍼를 끌고 가판대 쪽으로 돌아간다. 권씨는 직직 소리 내는 슬리퍼를 쏘아보다 고개를 돌린다.

"미친 여편네 같으니……."

마음 같아선 한바탕 욕이라도 해버리고 싶지만 속으로 삼키고 만다. 차라리 집구석에서 책이나 들춰보거나 먹이라도 갈면서 하루쯤 지내는 편이 나았을 것이라는 생각을 한다. 그러나 며느리에게 집에서 밥이나 축내는 늙은이 취급을 받는 것이 이내 싫었던 기억을 떠올리며 차라리 아무도 없는 곳으로 가고 싶어졌다. 그러나 그런 곳이 어디 있단 말인가. 그나마 답답한 마음을 풀어놓을 친구들이 있는 공원으로 가서 지내는 편이 그래도 마음이 편했다.

모자를 쓴 늙은이 하나가 쓰레기통을 들여다보고 지나간다. 그 영감의 손에는 다른 쓰레기통에서 찾아낸 신문지가 몇 장 들려있다. 시간도 보내고 용돈이나 마련해보자고 저렇게 쓰레기통을 뒤지고 다닌다. 권씨는 그 늙은이가 나이답지 않게 재빠른 걸음으로 누구에게 빼앗길새라 쓰레기통을 점검하고 다니는 모습을 보며 억눌렀던 짜증이 울컥하고 치솟았다. 주먹을 꽉 쥐어 본다.

저 영감하고 대포나 마시러 갈까? 하는 생각이 들지만 실제로는 그 늙은이를 아는 체도 하지 않는다.

그래도 내가 저런 영감과······.

권씨는 전에도 저 늙은이를 자주 보았다. 하루에 몇 번씩 마주치기도 했다. 하지만 인사를 나누거나 아는 체하지는 않았다. 어찌 늙었다는 이유로 모든 늙은이가 다 같은 족속으로 여겨져야 하느냐 말이다. 늙었으니 가릴 것도 없고 되는대로 만나서 어떤 짓을 해도 되는 것이란 말인가?

에잇 미친 놈.

권 노인은 친구를 떠올리며 욕을 했다. 친구 이가 놈을 생각하자 원통한 마음까지 들었다. 그 친구는 자식들과 떨어져 혼자 살았다. 마누라가 없는 것은 저만의 처지가 아닐 텐데 그래도 아무하고나 신문지 조각에 궁둥이를 붙이고 대포를 마셔대고 여자만 보면 걸신들린 놈처럼 침을 흘리고 쫓아다니다 못 볼 꼴도 숱하게 당했다.

그놈이 어떤 놈이었느냐 말이다. 중학시절부터 엘리트라는 말은 그놈을 위해 있는 것같이 한 치 빈틈없던 놈이었다.

적어도 권씨에게는 깃발 같은 존재였다. 커피 한 잔이 무슨 대단한 인연인 것처럼 잡고 뒹굴어도, 싸구려 여관에 들 돈도 없어 권씨에게 손을 내밀어도, 그는 그것을 사내다운 호탕함으로만 여겼었다. 그런데 이제는 그게 호탕함이 아니라 늙은이의 망령으로 생각되는 것이다. 친구의 몰락은 권씨에게는 죽음과도 같은 절망이었다.

대화행 전철이 지나가자마자 수서행이 들어온다. 권 씨는 뚜렷한 계획도 없이 일어나 전철 쪽으로 다가간다. 가판대 여인의 눈길이 거북해서 가판대에서 보이지 않을 만한 곳으로 걸음을 옮긴다. 전철 안에서 열 살도 안 되었을 아이들 여남은 명이 뛰쳐나오더니 까르륵대고 웃으며 탁탁탁 발소리를 내고 어디론가 달려간다. 아이 하나와 부딪혀 기우뚱하던 권 노인은 기관차 쪽으로 천천히 걸음을 옮긴다. 전철문이 닫힌다. 권 노인은 주머니에 두 손을 깊이 찔러 넣고 걸으며 사람이 없는 기둥 뒤쪽에 침을 지익 갈긴다. 빌어먹을 싸구려 커피 한 잔이 무슨 대단한 인연이란 말인가.

한 걸음 내딛을 때마다 권 노인은 칠십 년을 살았다 해도 전혀 변하지 않은 자신의 모습을 확연히 바라보았다.

김 과장은 문득 주변이 너무 조용한데 놀라 고개를 든다. 싸늘한 대리석의 냉기가 공간을 채우고 있을 뿐 소리라고는 들리지 않는다. 사람도 없다. 조그만 소리로 코를 훌쩍이자 그 소리는 대리석 기둥과 천장에 닿아 차례로 공명하며 역사 안에 골고루 퍼진다. 그 소리에 놀라 한 손으로 입을 막으며 소리나지 않게 가방 속의 손수건을 꺼낸다. 눈물은 물론이고 코를 풀지 않고는 견딜 수 없을 정도가 되었다. 눈물을 대충 찍어낸 다음에 코에 손수건을 대고 콧볼을 꾹꾹 눌러가며 안에 고인 코를 닦아낸다. 그러나 아무래도 콧속에는 시원하게 풀어내야 할 액체가 가득 고여있는 것 같다. 주변을 둘러보니 사람은 없다. 다시 코에 손수건을 대고 살살 콧물을 풀어낸다. 작은 소리를 냈다가 김 과장은 그대로 동작을 멈추고 눈만 움직여 누군가 자신을 보고 있지나 않은지 살핀다. 사람은 역시 보이지 않는다. 다시 한번 가볍게 핑, 소리를 내서 코를 풀자 숨쉬기가 한결 편안하다. 아직도 시원하지는 않지만 화장실도 아닌 데서 요란한 소리로 코를 풀고 싶지는 않다.

눈물을 닦고 나자 김 과장은 자신이 어디에 있는 것인가, 하는 생각이 새삼스럽게 들어 지하도의 벽에 역이름 적어놓은 부분을 더듬어 읽는다. 경복궁역이다. 매일 출근과 퇴근 시에 이용하는 집에서 가까운 지하철역이 맞다. 그런데 김 과장은 이곳이 진짜 그곳인지 자문하며 역사 구석구석을 뜯어본다. 처음에는 그런

것 같더니 유심히 뜯어보자 아닌 것도 같다. 머릿속이
혼란스러워지면서 겁이 더럭 난다. 누군가에게 물어보
고 싶었으나 물어볼 사람도 없다. 반대편 계단으로 들
어온 사람 둘이 얘기하며 서 있는 모습이 보인다. 거기
까지는 퍽 멀어 보인다. 그 사람들보다는 가판대가 훨
씬 가깝다. 그런데 거기까지 가는 것도 왠지 퍽 멀고
힘든 것같이 느껴져서 김 과장은 어깨를 축 늘어뜨리
고 멍청하게 앉아있다. 때마침 바로 앞의 에스컬레이
터에서 가정주부일 듯한 중년 여자 세 명이 도란거리
며 내려온다. 세 사람이 다 길고 짧은 밍크코트를 걸치
고 머리도 우아하게 손질했다. 어디 가는 길인지는 몰
라도 그녀들의 분위기로 보아 근사한 식사를 하거나
전시회 같은 문화적인 모임에 참석하러 가는 것 같다
고 김 과장은 추측한다. 사무적인 볼일로 움직이는 것
이라면 저렇게 여유있는 표정으로 도란거릴 수는 없을
것이니까. 그 여자들을 보며 김 과장은 자신이 영화관
에 가 본 게 언제인지를 생각할 뿐 그들에게 다가가 여
기가 어디냐.고 물어보려는 생각은 까마득히 잊는다.
그리고 김 과장은 역 안에 있는 사람들이 한결같이 전
혀 급할 게 없다는 표정을 짓고 있다는 사실을 발견해

내고 신기한 세상을 들여다본 듯이 흥분한다. 잠시 후 몇 사람이 더 내려오고, 이어 전철이 들어오자 기다리던 사람들은 줄도 서지 않고, 혹은 밀거나 밀리거나 발이 밟히지도 않으면서 차에 올라 연극 무대에서처럼 짜임새 있게 역을 빠져나간다. 이 역이 경복궁 역이라는 것은 분명하다. 지하철이 멈추자 나온 안내 방송을 분명하게 들었다.

지하철이 떠나가면서 일으킨 바람을 맞으며 김 과장은 추위를 느낀다. 대뇌의 사고 작용. 기억세포들은 출근시간의 지하철역을 재생한다. 끓는 물처럼 바글거린다.

그곳이 여기란 말인가…….

기억세포가 전개한 광경은 단편 영화의 화면처럼 두 번을 연달아 밟힌 그녀의 발과 잃어버릴까봐 가방을 꽉 움켜쥔 손을 확대한다. 손등에는 뼈가 드러나 있고 정맥이 약간 솟아올라 있다. 문득 자신의 손이 너무 야위었다는 생각을 하고 무릎에 올려놓았던 손을 들여다본다. 나이가 들수록 손에서도 살이 빠지는 것일까? 윤기있고 보드랍게 살이 올랐던 처녀시절의 손을 떠올리며 김 과장은 왼손에 끼어진 결혼반지를 빙빙 돌린다. 반지가 약간 큰 것 같다고 느낀다. 사실 그녀는 애 둘을 낳은 몸이 아닌 것 같다는 말을 들을 때마다 자신 이 아직은 잘해 오고 있구나, 하는 만족감을 갖곤 했었 다. 그런데 오늘 자신은 날씬한 것이 아니라 너무 야위 어 있지 않느냐는 의심이 든다. 아이를 가졌을 때를 빼 고 그녀는 몸무게가 늘어본 적이 없다. 특별히 몸매를 관리한 적은 없다. 그런데도 나이가 들수록 살이 빠졌 다. 살이 앉을 틈이 없이 힘들고 바빠서였을 것이다. 김 과장은 허둥지둥 가방에 넣었던 손수건을 꺼내어 눈가를 닦고 코끝을 문지른다.

다시 지하철이 들어왔다가 적은 수의 사람들이 오르 내리자 문을 닫고 출발한다. 지하철이 떠나려고 문을 닫는 순간 김 과장은 가슴속에서 일종의 조바심이 나 면서 뛰어들뻔하다가 그 방향이 아니라는 생각을 해내 고 그냥 앉아 있는다. 자신은 근무 시간을 어기고 있으 며 지금 당장 뛰어간다고 해도 두 시나 되어야 들어갈 것인데, 그런 일은 평생에 한 번도 없었던지라 어쩌나 하는 생각을 하다 보니 또 코끝이 시큰해진다.

김 과장은 어떤 약속에 늦어본 적이 없는 사람이다. 교통 체증이 있어도 미리 준비하고 나가곤 해서 언제나 늦게 도착한 사람들의 겸연쩍어하는 표정을 바라보며, 관용적인 미소로써 그들을 안심시키곤 했지 자신이 늦었던 기억은 없다. 학교 다닐 때도 결석은 물론 지각도 거의 하지 않았었다.

그런데 오늘은 왜 이런 일이 생긴 것일까.

수서행 열차가 들어온다. 김 과장은 그대로 앉아 멍한 눈으로 한적한 차 안을 들여다보고 있다. 다시 구파발행 열차가 들어왔다가 꼬리를 빼고, 다시 수서행과 대화행이 몇 차례 오고 간다. 김 과장은 발가락이 시리다는 생각을 하면서 코트 자락으로 다리 쪽을 살짝 덮을 뿐 자리에서 일어나지 않는다. 이제 눈물은 다 마른 모양이고 멍하니 앉아있는 모습이 꼭 뜬눈으로 꿈을 꾸고 있는 것같이 보인다. 그때 특이한 안내 방송이 나온다.

이 역을 통과하는 열차가 들어옵니다. 이번 열차는 우리 역을 통과하는 열차입니다.

잠시 후 아주 느린 속도로 전차가 들어오는데 기관실은 물론이고 세 번째 칸까지 불이 꺼져있다. 그리고 넷째 칸과 다섯째 칸에는 불이 켜 있는데 그 안에 사람이 타고 있다. 넷째 칸에는 한 명의 남자가 고개를 푹

멈춰! 이제 네 차례야

숙인 채 팔짱을 끼고 있고 다음 칸에는 세 명의 남자가 붙어 앉아있는데 모두 눈을 꼭 감고 고개를 뒤로 젖히거나 파란 마스크로 얼굴을 거의 다 가리고 앉아있다. 몹시 초췌해서 보통 사람, 정상인으로 보이지 않는다. 하긴 보통 사람이 통과하는 열차에 탈 수는 없을 것이다. 김 과장은 그 안에 타고 있는 사람들은 어떤 사람일까 하는 생각을 하다 어깨를 움추린다. 노란 등이 켜진 차 안이 퍽 따뜻할 것 같다는 생각을 한다.

권 노인은 주머니에 손을 더 깊숙이 찔러 넣고 무스탕 깃을 올린다.

젠장, 지하철이 열 대도 넘게 지나갔는데 겨우 두 시군.

요즘은 조금만 추워져도 오금을 펴기가 힘들다. 게다가 오늘은 영하 십오 도의 맹추위 끝이라 한강이 얼어붙었다는 뉴스가 보도될 정도다. 아무래도 어디 다방에라도 가거나 하다못해 자판기 음료라도 뽑아먹어야 할 것 같다. 무릎을 세우자 어디선가 우드득하는 소리가 난다. 자판기 쪽으로 걸어가다 보니 아직도 김 과장이 앉아있는 모습이 눈에 들어온다.

"쳇, 종일 저러고 있을 참인가. 갈 데가 없으면 조용히 집구석에나 있을 일이지. 요즘 젊은 것들은 당최 참을성이 없어. 쯥."

여자를 보자 이런데 앉아있는 것이 할 일 없는 사람이나 할 짓이라는 생각이 들어서 더는 있고 싶은 마음이 사라진다. 방향을 바꿔 계단을 오른다. 오다 보니 개찰구 앞인데, 언제 내렸던 아이들인지 우르르 몰려들어 오며 소란을 피운다. 아이들을 흐릿한 눈으로 바라보며 주머니 속의 녹색 승차권을 만지작거린다. 나갔다가 다시 들어온대도 손해가 될 것은 없다. 이 표는 무료니까. 그렇게 생각하며 개찰구에 표를 밀어 넣는데 왠지 씁쓸한 기분이 된다. 매표소 앞에서 또 여러 명의 아이들이 뭉쳐서 돈을 내밀고 있다. 뭐가 좋은지 연신 낄낄대는 아이들은 표 한 장씩을 사 들더니 개찰구 쪽으로 달려와 개찰구에 표를 밀어 넣는다. 권씨는 나오는 척하면서 아이들이 디미는 표를 슬쩍 보고 흰색이군, 중얼거린다. 아이들이 웃는 소리며 발소리가 대포 터지는 소리보다 크게 역사를 흔든다. 권씨는 고연히 부아가 나서 아이들이 사라진 쪽을 바라보며 원 저렇게 떠들다니, 부모들이 애들 교육을 어떻게 시키는 게야, 하며 눈을 부라린다.

뭐라고 욕을 하건 눈앞에서는 고만고만한 어린것들이 꾸역꾸역 쏟아져 나온다. 그쪽으로 무슨 초등학교라도 있는가 싶을 정도다. 권씨는 한바탕 역정이라도 낼 사람처럼 아랫니를 앙다물고 아이들이 몰려오는 쪽으로 거슬러 올라간다.

계단을 올라서자 이 방향은 경복궁 방면으로 나가는 길임을 알아볼 수 있다. 긴 터널이 비밀의 성에라도 들어가는 입구처럼 제법 길고 은밀하다. 이 길로 경복궁에 가 본 일이 없는 권씨는 어린애들이 꾸역꾸역 밀려 나오는 터널에 들어서기가 망설여진다. 터널 입구에는 돌로 문틀처럼 짜놓은 것이 있는데, 아이들은 그 문을 제 집 안방 드나들 듯이 오가며 기둥을 잡고 한바퀴 휘돌아 나오는 놈도 있다. 권씨는 그 앞에까지 가서 잠시 멈추었다가 문을 통과하지 않고 기둥 옆으로 조심스럽게 돌아 터널을 등지고 서서 문을 바라본다. 위쪽에 예삿 사람은 알아보기 힘든 전서를 조각해 놓은 세 글자를 권씨는 불·노·문, 이라고 소리내어 읽는다.

"불노문이라……."

권씨는 주머니에서 손을 빼어 뒷짐을 지며 턱을 앞

으로 당겨 지긋이 바라보며 저것이 누구의 서체인지 가늠해본다. 그러다 문 옆에 있는 해설판에 눈이 간다. 해설판에는 불로장생을 기원한 왕족들이 세운 문으로 창덕궁에 있는 것을 모방하여 만들었노라고 되어있다.

권씨는 다시 불노장생이라, 불노장생……, 하고 중얼거리다 중요한 일을 생각해낸 사람처럼 깜짝 놀라더니 몸을 돌려 터널을 본다. 그 안에서는 보란 듯이 생기발랄한 어린애들만 뛰어나오는 것이다. 아이들을 멍하니 바라보던 권씨는 천천히 방향을 바꿔 불노문을 제대로 통과한 다음 터널 속으로 한 걸음 조심스러운 행진을 시작한다.

그 여자는 아직도 집에 돌아가지 않고 있다. 무슨 영문인지 개찰구 밖의 사진 전시장에 나와 있다. 권 노인은 이번에는 그냥 보고 둘 수 없다는 의무감이 생겨서 김 과장에게 말한다.

"살다보면 누구나 되돌아가고 싶을 때가 있는 법이오."

김 과장은 최면상태인 것처럼 초점 흐린 눈으로 돌아본다. 그녀와 눈을 마주치는 순간 권 노인은 자신이 내뱉은 말이 어딘지 아귀가 맞지 않는 느낌을 받는다.

"이게 뭔지 아세요?"

그녀의 시선은 노인을 향해 있지만 '이것'이란 그녀가 줄곧 바라보고 있던 사진 속의 풍경을 가리키는 것임을 노인은 알아차린다. 한눈에 무엇인지 알 수 없어서 다가가 살펴보니 사진의 제목은 해지는 저녁의 바다, 라는 진부한 것이었고 붉은 풀 같은 것이 화면 전체를 덮고 있다. 권씨는 갸우뚱거리다 방향을 바꿔 사진 속의 그것이 뭔지 알아보려고 하지만 아무래도 알수가 없다. 김 과장이 권씨에게 또 묻는다.

"절, 아세요?"

권씨는 시선을 여자 쪽으로 돌리며 그렇다고 대답하려다가 입을 다문다. 분명히 말하자면 이름도 모르는판국에 자신이 이 여자를 안다고 할 수는 없지 않느냐는 생각이 든 것이다. 이 여자를 본 것은 불과 두 시간전 길어야 세 시간 전이고, 이 여자에 대해서 알고 있는 것은 이 여자가 울었다는 것과 잠시 전에 지하철역안에 있었다는 것 그리고 꽤 많은 짐을 가지고 있었다는 사실뿐이다.

아 그렇지!

그는 놀라며 여자에게 물었다.

"들고 있던 짐은 다 어쨌수?"

김 과장은 자신도 깜박 잊었다는 듯이 양손을 올려 빈 손바닥을 살펴보지만 멋쩍은 표정을 지을 뿐 전혀 놀란 얼굴이 아니다. 그녀는 손가방 하나 가지고 있지 않고 달랑 맨몸이다.

"너무 무거워서요."

권씨는 이런 맹랑한 대답이 있나, 하는 생각을 하였지만 내색하지 않고 묻는다.

"그러면 아까 그 자리에 둔 거요? 그러면 여긴 왜 올라온 거요?"

여자는 해양사진전 중이라는 지하도 전시실을 휘둘러보더니 고개를 젓는다.

"화장실이 어딘가요?"

권씨는 속으로 이런 실없는 여편네를 보았나 하고 혀를 찼지만 노여운 기색을 보이지 않고 나직하게 말한다.

"화장실은 바로 이 아래요. 앉아있던 데서 계단만 올라오면 바로 오른편인데 여기까지 오다니 원."

김 과장은 고개를 끄덕이더니 손가락으로 이 아래냐

멈춰! 이제 네 차례야

는 식으로 검지손가락을 아래쪽으로 쿡쿡 누르는 시늉을 하고 걸음을 옮긴다. 여자의 뒷모습을 보다 권씨는 여자가 가져왔던 꽤 많은 짐들이 어찌되었을까 궁금한 마음이 들어 여자를 뒤쫓아가 팔을 잡는다. 여자가 돌아보자 권씨는 이내 후회하는 마음이 들었으나 기왕 팔까지 잡아 세웠으니 말을 하지 않을 수 없다.

"짐 말이오, 가방까지 놓고 왔으니 누가 가져가지 않겠수? 괜찮으면 내가 짐을 지키고 있어줄까 싶어서……."

여자는 눈동자를 천장 쪽으로 올리며 잠시 생각하는 척하더니 말한다.

"마음대로 하세요."

그 대답을 허락으로 이해한 권씨는 공연히 마음이 설레는 것을 느낀다. 그 이유는 자신도 알 수 없지만, 그는 재빠르게 주머니 안의 표를 꺼내어 개찰구에 밀어 넣는데 그 표는 초록색의 경로우대권이 아니라 어린이용 흰색 전철표다.

짐은 그대로 있다. 권씨는 에스컬레이터에서 의자에 놓인 여자의 짐을 하나하나 눈으로 점검해본다. 서류 가방 하나, 길쭉하고 큰 쇼핑백과 그보다 조금 작은 것 하나, 넓적하고 폭이 넓은 여자 손가방까지 합이 넷이다. 권씨는 그 짐을 확인하며 잃어버렸던 귀한 것을 되찾은 것처럼 고마운 마음이 들어 짐들을 보고 또 보다가 여자가 내려오는지 힐긋거리며 쇼핑백을 슬쩍 쓰다듬어본다. 그러다 연인의 어깨에 그러듯이 팔을 벌려 짐 전체를 감싸안고 하행 에스컬레이터를 바라본다.

여자는 꽤 긴 시간이 지난 다음에야 내려오는데 시선은 오직 자신의 발끝에만 둘 뿐이다. 내려와서도 자신의 짐과 그 짐을 지키고 있는 존재는 알지도 못하는 사람처럼 멍하게 서 있다. 권씨는 그녀가 걱정되는 마음이 든다.

"이 보우, 짐은 그대로인 것 같은데 급한 일 없으면 여기 잠깐 앉아보우."

여자의 낯빛은 처음 보았을 때와는 비교도 할 수 없을 만큼 창백하고 맥이 빠져 보였다. 권씨는 내심으로 여자가 저렇게까지 죽을상이 될 일을 떠올리다가 자신의 역사 중 사십삼 세의 봄바람이 불던 그 일을 생각해내고 의심의 여지없이 여자가 겪은 고통의 내막을 단숨에 알아버린 것 같은 기분이 된다. 그런 일이 아니고서야 여자를 저 지경으로 만들 일이 무엇이겠는가.

여자는 한 번 불러서 돌아보지 않는다. 세 번이나 제

멈춰! 이제 네 차례야

법 큰소리로 불렀을 때, 여자는 탑이 무너져 내리는 것처럼 허무하게 주저앉는다. 그리고 대뜸 이렇게 말한다.

"언제부터일까요?"

권씨는 그 한마디에 모든 정황을 알아버린 것처럼 고개를 끄덕인다.

"바람은 때가 되면 잦아들 거요. 집으로 돌아가는 게 좋겠수. 돌아가서 기다리면……."

"집으로는 갈 수가 없어요."

여자는 약간 갈라진 목소리다. 언성이 높거나 사납지 않은 대신 여자의 입에서는 한여름 태양에 달궈진 모래처럼 거친 열기가 나와 권씨의 목구멍을 턱 막아버린다. 목이 따끔거린다고 느끼는 그 순간 권씨는 죽어가면서 자신을 원망하던 아내의 파름한 눈빛을 본 듯해서 목의 통증이 명치께까지 찌르르 흘러내린다. 지하철 한 대가 들어왔다가 사라지는 동안 여자도 잠시 침묵하더니 알 수 없는 소리를 한다.

"저는 부상자 호송열차를 타야 해요."

권씨는 이 여자가 서울역이나 청량리에서 출발하는 무슨 열차를 타려는가보다고 생각한다.

"그게, 어딜 가는 거유? 그리고 내가 보기에 그쪽은 어디 다친 것 같지는 않은데 그러우."

"저두 그런 줄 알았어요."

여자는 그렇게 말할 줄 알았다는 듯이 권씨의 말꼬리를 물고 곧장 대답한다. 권씨는 이 여자가 속병을 앓고 있는가, 하면서 속으로 혀를 차고 있는데 여자는 억양도 없는 목소리로 자신의 병세에 대해 길게 설명한다.

"내 병은 점점 마르는 증상이 문제예요. 왜 이런 병에 걸렸는지 모르겠어요. 어쩌면 내 직업 때문인지도 몰라요. 사람들에게 보내는 것이 내 일이거든요. 우체국에서 일한 지 십삼 년은 됐을 거예요. 그동안 셀 수 없는 것들을 누군가에게 보냈어요. 누군가에게는 힘이 될 만한 것들도 많았겠죠. 아마 대부분은 그랬을 거예요. 받아든 사람에게는. 나도 크게 불만은 없었어요. 사회란 누구나 제몫을 하며 살아가게끔 되어 있는 거고 난 어릴 때부터 제몫의 일 하나는 똑 부러지게 하는 아이였거든요. 그래서 사람들은 한결같이 나를 칭찬했어요."

권씨는 여자의 경력을 듣고 내심 놀라면서 여자를

멈춰! 이제 네 차례야

저는 부상자 호송열차를 타야 해요.

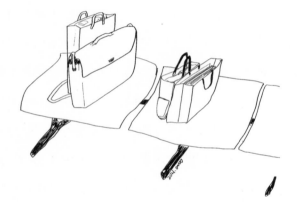

다시 한번 쳐다본다. 직장 여성에게서 흔히 느껴지는 잘난 체하는— 권씨에게 직장 여성은 잘난 체하는 여자로만 여겨진다.— 분위기는 전혀 느낄 수 없다. 그는 여자를 가정주부로만 여겼던 것이다.

"그, 그런데 뭐가 문제란 말이오. 모든 사람이 칭찬한다며."

여자는 뼈가 없는 목처럼 흐물흐물해져서 고개를 좌우로 흔든다.

"문제는 보내기만 한다는 거예요. 아니, 진짜 문제는 그것들이 나에게서 빠져나가기만 한다. 아니, 어쩌면 나는 빼앗기고 있었는지도 모르겠어요. 칭찬한다고 했죠? 사람들은 그런 날 칭찬해요. 그러면서 나에게서 가져가죠. 심지어 우리 가족, 시부모님이나 내 아이, 남편도 나에게서 뭐든 가져가야 하는 존재들이에요. 덕분에 나는 숨이 들어오는지 나가는지도 모르고 있었던 거예요. 제가 얼마나 바쁜지 설명을 해도 믿지 못할 거예요. 사람들이 모두 약속을 한 게 아닐까요? 날 칭찬하는 것을 미끼로 해서 날 돌아보지 못하게 하자고 말예요. 그런 것 같지 않아요? 당신의 대답을 듣고 싶어요. 당신은 날 단 한번도 칭찬하지 않았으니 믿을 만

멈춰! 이제 네 차례야

한 것 같군요. 말해 보세요."

권씨는 자신의 추측과 전혀 동떨어진 상황을 듣고 채 정리도 못해서 뭐라고 대답을 해야 할지 알 수가 없다. 급한대로 떠오르는 생각은 우선 여자를 진정시키고 집으로 돌려보내야 한다는 정도다.

"알겠수. 좀 쉬어야 할 것 같기는 하구려. 그러면 며칠 휴가라도 내보지 그러우, 남편과 어디 여행을 간다던가."

"남편이라구요?"

여자는 침이 튀도록 앙칼지게 말한다.

"이해를 못하는군요. 날 이렇게 만든 게 바로 남편이라구요? 몇 번을 말해야겠어요? 이 짐들."

여자는 권씨가 안고 있던 짐들을 아무렇게나 두들긴다.

"이건, 남편이 스스로 챙겼어야 해요. 이건 출장 가서 입을 옷들이고, 이건……."

여자는 짐을 아무렇게나 집어 의자 아래로 팽개친다. 권씨가 에그 이런, 하며 다시 집어 올리자 여자는 다른 짐을 또 내던진다. 짐을 주워 담던 권씨는 이내 피곤해져서 서류 뭉치로 보이는 몇 개는 그대로 두고 다시 의자에 앉는다. 그리고 항복하듯이 말한다.

"맞는 말이우. 좀 쉬는 게 좋겠수. 암암 치료를 해야지."

여자는 이제야 제대로 되었다는 듯이 고개를 끄덕이더니 이상한 소리를 한다.

"부상자 호송열차가 올 거예요. 난 거기 타야 해요."

권씨는 그 말은 뭔가 잘못 되었다고 생각하며, 여자에게 이 역에 그런 열차는 오지 않는다고 말하려는 순간 어디선가 전화벨 소리가 들린다. 여자는 도둑질을 하다 들킨 것처럼 놀라더니 가방 속에서 핸드폰을 꺼내 귀에 댄다. 누군가의 목소리가 들린다. 여자는 파랗게 질린 얼굴로 권씨를 보며 자신의 손에 들린 핸드폰을 권씨에게 던지듯이 맡긴다. 그리고 말한다.

"난 열차를 타야 해요."

권씨는 익숙지 않은 태도로 핸드폰을 집어들자 시간이 없다고 칭얼대는 남자의 목소리가 들렸다. 권씨는 남자에게 여기로 와서 짐과 여자를 데려가라고 말하지만 남자는 잘 들리지 않는지 여보세요 소리만 높인다. 때마침 지하철이 들어와 소음이 커진 것이다.

들어온 지하철은 이상하게도 불이 꺼져있고, 한 칸

멈춰! 이제 네 차례야

에만 불이 들어와 진짜 부상자같이 생긴 사람들이 타고 있다. 여자가 열차를 향해 손을 흔들고 있다. 다시 전화벨이 울려 권씨는 핸드폰을 멀리 보며 통화 버튼을 겨우 찾아 누른다.

남자의 다급한 목소리가 들린다. 권씨는 남자에게 "당신 아내가 부상자 후송열차를 타려 한다"고 말한다. 남자는 잠시 말이 없더니 "여보세요"를 세 번이나 반복한다. 권씨는 제대로 통화가 되는 것인지 몰라서 핸드폰을 멀리 들고 매뉴얼 글자를 읽은 다음 수화기를 귀에 대자 남자의 목소리는 들리지 않고 뚜우뚜우 하는 신호음만 들린다.

여자에게 그 사실을 알리려고 고개를 들자 역 안에는 그 여자의 모습도 부상자 호송열차도 보이지 않는다.

이런!

권씨는 무릎을 치며 일어선다. 그때 다시 전화벨이 울린다. 이번에는 한결 능숙하게 통화 버튼을 누르자 남자는 분명한 발음으로 김명희 씨를 부탁한다고 말한다.

"당신 부인은 부상자 호송열차를 탄 모양이요. 나도

그걸 타야 하는데 당신 전화 때문에 놓쳐버린 것 같
소."

전화 속의 남자는 아무 말도 하지 않는다. 전화가 끊
겼는지 뚜우하는 신호음만 들린다.

젠장!

권씨는 핸드폰을 아무렇게나 던져버리고 부상자 후
송열차가 사라진 그쪽으로 성큼 다가선다.

착각

우리는 한방에서 잠이 들었으며 잠자리에서 일어나는 시간도 거의 같았다. 그러나 오늘도 여지없이 나만 둘, 모기 물린 자국이 선명했다. 으악. 모기는 왜 내 피만 좋아하는 것일까.

요즘 들어 사람들을 견디기가 유난히 힘겹다. 누구나 나를 필요로 한다. 그것도 노골적으로, 미안한 기색도 없이 나의 능력과 수고, 혹은 다정한 손길을 필요로 하는 사람도 있다. 심지어 그저 존재하는 것만으로도 환기(換氣)의 역할을 한다며 잠시도 손아귀에서 놓아주려 하지 않는다. 화장실에 가는 경우에도 '오분 안에 돌아옵니다' 라는 메모를 남겨야 할 만큼 숨가쁜 생활을 하는 사람이 나 말고 또 있을까.

올가을 유행은 어깨선을 거의 드러내고 가슴께까지 주름을 늘어뜨린 니트와 타이트하게 몸에 붙는 칠부 슬랙스. 컬러는 와인과 카키.

나는 어깨와 목, 가녀린 견갑골을 드러내고 타이트한 칠부바지를 엉덩이의 처짐없이 완벽하게 소화해 내는 여인을 거울 속에서 보고 있다. 피부 빛은 아침 햇살을 받아서인지 더욱 투명하게 반짝였고 드러낸 가슴, 견갑골 아래로 상당히 풍만하고 탄력있을 것 같은 유방의 일부가 약간, 무심한 사람은 못 보고 지나칠 수도 있을 만큼만 살짝 노출되어 있다. 타고난 것이 아니고서야 스물아홉의 나이에 저 몸매를 유지할 수 있는 것일까.

휴우.

"저렇게 흠잡을 데 없으니 어느 남자가 침을 흘리지 않겠어."

거울 속의 여자는 수심 가득한 얼굴을 한다. 어쩌면 걱정하는 얼굴조차 저렇게 낭만적일까. 그녀는 연달아 한숨을 내쉬더니 뒤돌아서 옷장을 연다. 그리고 원피

멈춰! 이제 네 차례야

스를 꺼낸다. 목선과 스커트 아랫단에 레이스가 달리고 분홍과 연두, 희미한 노랑 등으로 잔잔한 꽃무늬가 새겨진 길고 폭이 넓은 원피스다. 원피스를 펼쳐서 이런 옷은 처음 본다는 듯이 갸우뚱거리며 애들 옷처럼 둥글게 부풀린 반팔을 만지작거리던 그녀는 원피스를 내려놓고 입었던 옷을 벗는다.

두 팔을 교차시켜 니트의 허릿단을 쥔 다음 머리까지 단숨에 홀떡 벗는다. 순간 그녀의 올렸던 머리가 쏟아지면서 커다란 꽃핀이 바닥에 툭 떨어진다. 동시에 무게감 있는 무엇이, 어쩌면 방안의 공기가 '출렁'하고 파도처럼 일었다가 무겁게 가라앉는 느낌이다. 웃옷을 벗은 그녀의 팔뚝과 옆구리에 동전만 한 크기의 붉은 반점이 예닐곱 개 보인다. 그리고 옆구리에, 양쪽 옆구리에 물주머니가 매달린 것같이 허연 살집이 불룩하게 튀어나와 아래로 약간 늘어져있다.

호으음.

그녀는 튕겨나갈 듯이 매달린 바지의 단추를 풀고 긴 숨을 토한다. 이어 거들을 내리기 위해 허리와 거들 사이에 손가락을 힘껏 찔러 넣고 껍질을 벗기듯 아래로, 엉덩이를 좌우로 흔들면서 조금씩 조금씩 그 모양

틀을 끌어내린다. 거들은 지나치게 팽창하였고 탄력의
극한까지 늘어났던지 뜨득뜨득거리며 이상한 소리를
낼 뿐, 결국 엉덩이에 걸쳐 한 치도 물러남이 없다.

나는 고개를 돌려 티브이 위에 놓인 시계를 본다.

"이런."

또 지각이다. 아홉 시까지는 겨우 십팔 분가량이 남
았다. 전력 달리기를 한다고 해도 오 분 전까지 사무실
에 들어가기는 불가능하다. 게다가 요즘은 서울의 공
기가 더욱 탁해져 조금만 달려도 숨이 막혀 쓰러질 것
같지 않던가.

이번이 마지막 기회라고 생각하고 기합과 함께 두
손을 거들과 엉덩이 사이에 밀어넣는다. 엉덩이를 흔
들며 그것을 벗겨내기 시작했다. 브래지어만 하고 있
는 상체가 바르르르 떨리더니 손등 뼈가 으스러지겠다
고 생각하는 순간 그 모양 틀은 아래로 훌떡 뒤집어진
채 나동그라진다. 엉덩이에 있던 모기 물린 자국이 얼
마나 작아졌는지 확인하기 위해 엉덩이를 거울에 비춘
다. 거친 마찰로 더 빨개진 모기 자국은 아직도 붉고
선명하다. 옆구리와 팔뚝에 도장마냥 찍혀있는 붉은

반점이 한꺼번에 눈에 들어왔다. 쌍소리가 튀어나올 것같이 짜증이 났지만 아침의 상쾌한 출발을 망치기 싫어 조용히 상처에 약을 바르고 팬티를 올린다. 그러다 무심코 거울에 비친 몸매를 보았다. 지그시 눈을 감고 돌아선다.

나는 아침의 출발이 하루의 운세를 암시한다고 믿는 편이다. 출근길에 죽은 고양이 시체나 토사물 등을 본다면 하루가 유쾌할 리 없다. 그러나 그런 것들은 꼭 전봇대 뒤 같은 데 숨어있다가 느닷없이 보이는지라 피할 수도 없다. 헐떡거리는 개 혓바닥같이 축 늘어진 알몸뚱이를 똑바로 보는 날은 최악이다. 그럴 때는 그저 못 본 체 지나가는 것이 현명한 처세이다.

허겁지겁 원피스를 꿰어 입고 어깨까지 늘어진 머리를 갈색 끈으로 동여맨 다음 총알처럼 튀어나왔다. 역시 하루의 출발은 중요하다. 일찍 출근해서 하루를 준비하는 자세야말로 십 년째 한 자리를 지키는 선배가 보여야 할 모범이라는 실장의 말은 분명히 옳다.

달리듯 재촉했던 걸음을 늦추고 심호흡을 한다. 벌써 심장 박동이 빨라진다. 그러나 무엇이든 뜻대로 되란 법이 있는가. 바로 전봇대 뒤에 숨어있을 지도 모르는 더럽고 지저분한 것들, 염치도 없이 아침 햇살에 드러난 군더더기를 이미 나는 보고 말았다.

아~ 어떻게 그런 구도의 몸매가 가능한 것일까. 늘어진 살들은 무시하더라도 똥배가 엉덩이보다 더 튀어나오는 것은 그야말로 상상을 초월하는 기이한 현상이 아닌가.

십 년 직장생활의 결과가 그렇게 처참하리라고는 꿈에도 짐작 못한 일이다.

파란 신호등이 숨가쁘게 깜박거린다. 신호를 놓치고 싶지 않아 가방을 둘러메고 전력으로 질주한다. 이층짜리 조립식 건물의 신신문화사는 언제 보아도 창백할 만큼 깔끔하다.

우리 신신문화사의 사무실 분위기는 한마디로 자기 일에 몰두하는 자율성을 중시한다고 요약할 수 있다. 김 과장은 지난주에 입사한 미스 강의 책상 앞에서 브로슈어 제작 건을, 아니 포스터인지도 모르겠다. 아무튼 업무에 대한 토론을 한 지 삼십 분이 넘어간다. 과장이 서 있고 스물밖에 안된 신참 여직원이 자리에 앉아서 업무에 대한 토론을 한다고 해서 조금도 이상하

멈춰! 이제 네 차례야

게 생각할 것은 없다. 그런 모습에서 바로 우리 신신문화사의 개성을 엿볼 수 있는 것이 아니겠는가. 조금 전정 부장에게서 전화가 왔다. 인쇄소로 직접 출근한다는 것이다. 아홉 시 반에 전화해서 인쇄소에 들렀다가 출근한다고 해서 누가 뭐라는 사람은 없다. 즉, 아홉 시까지 인쇄소에 도착하도록 했어야 한다던가 미스 안과 두 사람이 함께 가야 하는 것이 아니냐, 거나 하는 질문을 하는 사람도 없다. 누구나 자기 할 일은 알아서 하기 때문이다. 이런 분위기 속에서 사람들이 나에게 인사를 안 하는 것은 자연스러운 일일 수도 있다. 더구나 내 자리는 출입구에서 가장 가까운 접대용 소파 뒤쪽에 세워진 커다란 야자나무로 가려져서 못 보았을 가능성도 있다.

실장이 내려오는 소리가 난다. 그가 계단을 오르내리는 소리는 맛깔난 된장백반에 반찬도 아낌없이 퍼주는 이모식당에서도 들릴 지경이다. 물론 이 건물이 조립식이라는 특성이 작용할지도 모른다. 그러나 다른 사람의 발소리는 그렇게까지 웅장하지 않다는 점 때문에 실장은 일부러 발소리를 크게 낸다는 오해를 받고 있다. 의자에 접착제를 붙인 듯이 앉아서 애플사의 매킨토시만 들여다보는 민식 군은 실장의 지나친 발소리를 일상화된 자기과시라고 분석한다. 종일 전화통을 붙들고 견적을 뽑는 스물아홉의 유부녀 박 과장은 그 발소리는 단지 실장의 몸무게 탓이라는 단순한 결론을 내린 바 있다.

"오, 우리의 모나리자. 우리의 비너스. 오늘도 변함없이 자리를 지키고 있군."

실장은 입이 찢어진 것이 아닐까 싶을 정도로 웃으며 좁디좁은 책상 사이를 매끈하게 휘젓고 다닌다. 파티션과 키 큰 실내 식물들 사이를 헤치고 순식간에 나의 자리로 다가와 나의 머리를 매만진다. 나는 언제나 그랬듯이 그의 무겁고 기름진 팔뚝을 매몰차게 쳐낸다. 윤택하고 뽀얀 피부를 탐내는 저 시꺼먼 뚱보의 손길이 나는 지긋지긋하다.

"나는 우리 비너스가 없으면 마음이 불안해서 일을 못하겠어. 그런데 오늘은 몇 시에 출근했어요? 아홉 시 일 분에 화장실 갔었나요?"

나는 오늘만은 뭐라고 변명을 해보아도 괜찮을 것 같아서 한마디하려는데, 실장은 나에게 말할 틈을 주지 않으려는 사람처럼 껄껄 웃더니 문득 웃음을 그치

멈춰! 이제 네 차례야

고 말한다.

"밋쓰 최도 알다시피 밋쓰 최가 없으면 우리 사무실이 돌아가질 않아요."

버릇인지 의도적인 것인지 알 수 없지만 실장이 미쓰 최를 발음할 때는 '미쓰'를 상당이 강조하고 있다는 느낌을 받는다. 미스 강이나 미스 안을 칭할 때와는 확연히 구분되어 '밋쓰'를 발음할 때는 윗니와 아랫니 사이에서 침이 튈 정도다. 나는 그 '밋쓰'를 들을 때마다 명치끝에 매달린 돌덩이가 한 뼘씩 자라나는 느낌을 받는다.

"무엇보다 중심이 안 잡혀. 저길 보라고 저길."

실장은 김 과장과 미스 강 쪽을 가리켰다. 두 사람은 나와 눈이 마주치자 영혼없이 고개를 끄덕 숙여 인사를 한다. 김 과장은 자기 자리에 가서 앉는다. 그들은 아직 나에게 인사를 하지 않았었다. 총무부 박 과장도 전화통을 붙든 채 고개를 돌려 고개를 끄덕인다. 민식은 몹시 둔하고 꺼벙한 타입이라서 실장의 눈길을 의식하지 못하고 맥킨토시만 들여다보고 있다. 사무실에 있는 사람들이 나에게 인사를 하자 실장은 이제 되었다는 듯이 내 어깨를 툭툭 두들기더니 훨씬 작은 목소

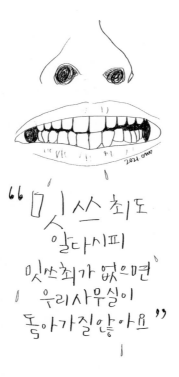

"미쓰최도
알다시피
미쓰최가 없으면
우리사무실이
돌아가질않아요"

리로 "그러니까 내일부터는 조금 더 일찍 출근해서 선배로서의 기강을 좀 잡도록 해요. 기강을"이라고 말했다.

항상 이 대목에서 그의 음성이 목메인 것처럼 들렸으나 그것은 나만의 착각일 것이다. 실장은 꼬리내린 강아지처럼 주눅들 일은 없기 때문이다. 내가 아는 한에서는 그렇다. 그는 통 큰 목소리로 설탕을 듬뿍 넣은 커피 한 잔을 주문하고 다른 직원들을 향해 소리친다. 그의 일상 대화는 외침, 혹은 웅변 수준으로 웅장해서 귀가 멍멍할 정도다.

"자, 자기 업무가 바쁠 때는 우리 비너스에게 도움을 청하세요. 혼자 끙끙대지들 말고."

실장의 말이 떨어지자마자 김 과장이 준비해 놓았다는 듯이 잽싸게 책상 아래서 큼직한 보드 몇 장을 꺼내더니 내 책상에 내밀며 오자(誤字, 오탈자 교정 수작업) 좀 따붙여 달라고 부탁하고, 같은 팀의 미스 강은 한 뼘쯤 되는 원고 뭉치를 가져와 교정을 봐달라고 한다. 총무 과장은 서둘러 전화를 끊고는 허둥지둥 영수증 뭉치와 지출 내역서를 들고 와서 대조 확인을 해달라고 부탁하면서 숙제를 마친 것처럼 안심하는 표정을 짓는다.

이렇게 해서 나는 언제나 그랬듯이 눈코 뜰 새 없는 하루를 보내게 되었다. 그들에게 내가 꼭 필요한 존재라는 사실을 부인할 수는 없을 것이다.

"언니 성격은 정말 캡이야. 그럼 우리 먼저 먹고 올게요."

"그럼요. 미쓰 최야 말로 맏며느리감이죠. 달덩이 같이 복스러운 얼굴에, 튼튼한 몸에. 실속있는 남자라면 절대로 놓치지 않을 겁니다. 암요. 그렇구 말구요."

"사장님이 괜히 미쓰 최, 미쓰 최하는 게 아니지. 다 보는 눈이 있다니까. 전화 좀 잘 받아 줘. 메모 꼭 받아 놓고."

점심식사 시간이다.

미스 강과 박 과장, 김 과장이 몰려나가며 오자를 따 붙이는 나에게 한마디씩 던진다. 그들이 나에게 무관심한 것 같아도 언뜻언뜻 그들의 진심이 드러나는 순간이 있다. 왜 그들이 민식이 아닌 나에게 이런 일들을 부탁하는가. 어딘지 모자라 보이는 민식에게 무슨 일을 맡기겠는가. 말도 없이 매킨토시만 들여다보는 디자이너가 할 줄 아는 게 뭐가 있겠냔 말이다.

세 사람이 몰려나가자 사무실에는 매킨토시를 클릭할 때마다 나는 전자음만 들릴 뿐이다. 잠시 후 민식이 의자를 빙 돌리더니 "자장면 먹을까요?"라며 전화기를 든다. 민식은 생긴 것만 무식한 것이 아니다. 적어도 내가 대답을 한 다음에 전화를 들거나 주문을 해야 하는 것이 아닐까. 그는 이미 전화기 버튼을 누르고 자장면 두 개를 주문한다. 나는 내키지 않았지만, 재빨리 우동으로 정정하면서도 오자를 따 붙인다. 잠시 후에 신문 대금을 받으러 와서 나는 일단 내 지갑에서 대금을 지불하고 영수증을 챙긴다. 신문 배달부가 나가자마자 생수통 배달원이 와서 생수 다섯 통을 놓고 그냥 가려는 것을 붙들어 정수기에 생수통 하나를 새로 갈아넣도록 지시한다. 이런 사소한 일도 내가 하지 않으면 신경 쓰는 사람이 없다. 곧이어 자장면과 우동이 배달되고 나는 민식의 자장면값까지 지불하려고 오천원권을 배달원에게 쥐어준다.

"제건 제가 내겠어요."

민식은 이천오백 원을 내 손에 쥐어주다가 내가 극구 사양하자 내 우동 그릇 옆에 천 원짜리 두 개와 오백 원짜리 한 개를 얌전히 놓고 후루룩 쩝쩝 소리를 내며 댓 번 젓가락질로 한 그릇을 뚝딱 비운다. 나는 민식의 태도에 몹시 불쾌해져서 우동이 넘어가지도 않는다. 우동 그릇 옆에 놓인 이천오백 원이 나의 식욕을 앗아가 버렸다.

민식은 냅킨으로 입술을 한 번 닦고 접어서 다시 닦고 또 접어서 닦는다. 입술이 아프지 않을까 싶을 정도로 힘주어 닦는다. 그 아이가 미련하다는 것은 입술 닦는 모습에서도 드러난다. 나도 나이를 먹을 만치 먹었는지 이제 사람들의 사소한 습관에서도 그의 인간성을 정확히 읽어내곤 한다. 그런 능력 때문에 직원들의 사소한 갈등을 다독거려서 마찰을 예방하곤 하는 것이다. 민식도 머지않아 직원들과 갈등이 생길 만한 이상 성격자임에 틀림없다.

"민식 군, 사람이 그러는 게 아냐."

컵을 들고 생수통에서 물을 따르던 민식이 날 돌아본다.

"선배가 밥을 사주면 기쁘게 먹는 것도 사회생활하는 지혜가 아닐까? 이렇게까지."

나는 우동 그릇 옆에 놓인 돈을 경멸하듯 바라보며 손가락질한다.

"할 필요는 없는 거라구, 나한테야 이런 실례를 해도 괜찮지만 앞으로는 조심하는 게 좋을 거야."

나는 유난스러워 보이지 않으려고 우동을 몇 가닥 입안에 집어넣고 우물거린다. 민식이 야단맞는다는 기분을 갖지 않도록 하기 위해서다. 민식은 대꾸도 없이 물을 벌컥벌컥 마시더니 컵을 제 책상에 내려놓는다. 저런 태도야말로 저 아이가 건방지고 뭘 모른다는 것을 증명하는 것이다. 나는 저 철부지를 어떻게 가르칠 것인지 고민이 되어 머리가 욱씬거린다.

"전 이상한 생각이 들어요."

국물이나 대충 마시고 말려고 우동 그릇을 들었던 나는 그릇을 내려놓고 민식을 바라본다. 가능하면 부드러운 눈길로 바라보려고 애쓴다.

"제가 듣기로는 근무하신 지가 십 년쯤 되었다던 데 왜 아직도 미쓰."

민식은 그 발음이 어색한지 한숨을 한 번 내쉬더니 다시 '미쓰 최'라고 외국어의 어려운 단어를 발음하듯이 힘겹게 내뱉는다.

"총무부 박 과장하고 동갑이라면서 박 과장은 과장인데 왜 아직도 미쓰 최라고 부르죠?"

이번에는 한결 매끄럽게 '미쓰 최'가 나온다. 나는 민식의 철없음을 견디기가 힘들어진다. 나는 화가 나면 귓속에서 파리가 날아다니는 것 같은 소리가 난다. 짧고 작은 두 개의 날개가 감전된 것처럼 떠는 것이다. 내가 귓속의 파리를 진정시키기 위해 심호흡을 하는 동안 민식은 계속 나불거린다.

"아무도 미쓰 최를 선배라고 생각하는 것 같지 않아요. 그런데 왜 내가 그래야 하나요? 그리고 정말 그건 이해할 수 없어요. 십 년을 근무해도 미쓰 최라니, 박 과장은."

"그건 중요한 게 아니야."

내 입에서 튀어나오는 앙칼진 하이톤에 나도 놀라 음음거리며 목청을 가다듬는다.

"그건. 박 과장과 내가 출신이 달라서야. 사람은 누구나 타고난 대로 살게 마련이지. 난 주판알이나 튕기도록 교육받지도 않았고 그렇게 살지도 않았어. 난."

나는 테이블을 박차고 일어나 외치고 싶었다.

"난. 인문계 출신이거든. 상고를 나온 박 과장과는 출신이 달라."

민식은 비로소 잠에서 깨어난 표정으로 날 바라보다

뒤돌아 앉아 마우스를 잡는다. 그는 겁먹은 것이 틀림없다. 나 자신도 나의 서슬에 몸이 떨릴 지경이다. 나는 실제로 자리를 박차고 일어나 있었고, 테이블은 그 진동으로 흘러넘친 우동 국물이 범벅이 되었다. 천 원짜리 지폐가 우동 국물을 서서히 흡수하고 있다. 나는 자리로 속히 돌아가 오자를 따 붙이기 시작했다.

누가 뭐래도 박 과장과 나는 출신이 다르다. 고모만 살아있었다면 나는 틀림없이 대학에 진학하여 교사나 어쩌면 교수가 되었을지도 모른다. 나는 원래 그런 길을 걷도록 되어 있었다.

손이 약간 떨려서 칼질을 쉬었다가 다시 교정지에 칼을 대고, '필'자를 오리는 데 그만 칼이 빗나가 교정지를 절반으로 잘라버리면서 왼손 검지손가락을 베고 만다. 얼른 휴지로 손가락을 누르고 일회용 밴드를 붙인다. 밴드를 붙이고 다시 교정지를 책상에 올린다. 할 일이 산더미 같아서 시간을 낭비할 수가 없다. 칼이 지나간 자리의 글자들만 다시 뽑아야 할 것 같다. 별일은 아니다. 김 과장은 그다지 싫은 내색도 하지 않고 다시 뽑아줄 것이다. 김 과장이 바쁘면 미스 강이 뽑아 줄 것이다. 잘라진 글자는 '필'자다. 원고에 '필 자'가 '팔

자'로 되어있어서 '필'자만 따 붙이도록 된 것이다. 잘
라진 교정지를 원고에 붙여본다. '팔'의 'ㅏ'를 안 보
이게 해보려고 애썼으나 결국 '팔'은 '필'로 고쳐지지
않는다. 그래서 원고는 "팔 자는 다시 정해진 길을 갈
수밖에 없구나 체념을 하고……." 상태로 남겨야 했
다. 나는 몹시 피곤해졌다.

나갔던 직원들이 들어온다. 나는 오자 따 붙이기를
중단하고 화분에 물을 주고 돌아다닌다. 실장실의 난
초부터 미스 강 책상 위의 허브 화분에까지 골고루 적
당량의 물을 주고 잎을 닦는데 한 시간가량이 소모된
다. 마지막으로 내 곁의 키 큰 야자수에 물을 줄 무렵
시계는 두 시를 가리킨다. 다시 일을 시작하려고 자리
에 앉는데 실장이 출입문을 활짝 열고 들어선다. 윗층
으로 올라가려다 회의 테이블에 흘러있는 우동 국물을
보고 두 손으로 얼굴을 감싸더니 "오 신이시여. 누가
이 더러운 사무실에 일을 맡기고 싶겠습니까"라고 연
극배우처럼 중얼거린다. 나는 교정 원고를 꺼내다 박
과장과 눈이 마주친다. 미스 강도 나를 보고 잠시 후
김 과장까지 고개를 돌려 나를 본다. 나는 교정지를 꺼
내어 올려놓고 빨간 사인펜을 찾기 위해 서랍을 연다.

서랍 속에는 펜과 메모지로 쓰였던 종이들, 각종 영수증과 지우개, 칼들이 무질서하게 섞여서 빨간 사인펜은 쉽게 찾을 수 없었다. 나는 책상 서랍을 차례차례 열며 서류 뭉치들 사이에 숨어있을 빨간 펜을 찾고 또 찾는다. 빨간 펜은 없다.

고개를 들자 민식을 제외한 모든 사람이 날 보고 있다. 머릿속에 수백 마리의 파리떼가 기겁을 하고 날아오른다.

"나한테 어쩌라는 거야. 나 일하는 거 안 보여? 왜 다들 날 못 잡아먹어서 안달이야."

나는 북받치는 설움을 눈물로 토하고야 만다. 얼굴을 들 수가 없다. 아마도 모든 직원이 죄책감에 시달리며 나를 위로하고 싶어하면서도 실장의 눈치를 보느라 망설이는 것이 아닐까. 테이블은 서로 나서서 치우고 있겠지.

"미쓰 최, 왜 이러나. 이러면 내 마음이 찢어져요."

어깨 위에 뜨끈하고 묵직한 손을 얹고 실장은 목쉰 소리로 나를 위로했다. 미쓰 최를 탓하려고 그런 것은 아니다. 미쓰 최가 열심히 일하는 것을 모르는 사람은 없다. 그리고 그는 한숨을 길게 내쉬더니 "힘든 점이 있으면 얘길해요. 문제가 있다면 시정을 해서……."

실장의 목소리는 전에 없이 맥이 풀려있다. 그러더니 슬그머니 손을 치우고 사라지는 것이다. 사무실은 쥐 죽은 듯이 조용하다. 나는 그대로 엎드려서 얼굴을 가리고 있었다. 잠시 후 민식이 다가와 말을 건다.

"저어, 테이블은 제가 치웠어요. 그리고 이거."

고개를 들자 젖어서 색이 선명해진 천 원권 지폐 두 장과 오백 원이 민식의 손에 들려있다. 내가 보고 있다는 것을 확인하자 그는 축축한 돈을 나의 책상에 올려 놓는다.

"우동 국물은 닦았어요. 말리면 쓸 수 있을 거예요."

"……."

거래처의 연 대리가 나에게 말을 걸었다는 사실만으로 오늘의 고된 피로를 씻을 수 있을 것 같다. 나의 소망이 있다면 아침이슬같이 맑고 순수한 연 대리를 매일 보는 것, 혹은 그와 아침·저녁식사를 함께하는 것, 노골적으로 말하자면 아침에 눈을 떴을 때 그의 얼굴이 내 앞에 있는, 그런 삶을 살아보는 것이다. 그런데 연 대리가 드디어 오늘은 자신의 진심을 드러내고 만

멈춰! 이제 네 차례야

우리가 이렇게 끝내서는 안된다고 봐요.
며칠만 참아줘요.
힘들어도.
부탁해요.

것이다.

"미쓰 최가 얼굴을 찡그리고 있으니 사무실이 어두워 보이는군요."

그 순간 나는 그를 보고 웃지 않을 수 없었고 그도 활짝 웃는 얼굴로 나와 눈을 맞춘 것이다. 전화위복이라 더니 바로 이런 일을 두고 하는 말이 아닌가 싶다. 실장은 덩달아 기분이 좋아졌는지 호탕하게 웃어젖히고 나에게 '연 대리와 나를 위해 맛있는 커피를 배달해 달라'고 주문했다.

나는 망설일 것 없이 커피 두 잔을 정성껏 만든다. 연 대리는 작은 거래처까지 쫓아다니는 말단으로 보이지만 사실 '주&연'의 대표이사와 인척관계에 있다는 소문이 있다. 일을 배우느라 일부러 말단을 자청했다는 소문도 돌고 간부 승진은 마음먹기에 달렸다는 소문도 돌았다. 솔직히 나는 그의 배경이나 헌칠한 외모보다는 성실하고 진실해 보이는 인상에 깊이 끌리고 있었던 것이 사실이다. 사랑이라는 것이 어찌 조건을 따지랴.

일그러진 나의 하루는 그의 말 한마디로 방금 다림질한 블라우스같이 산뜻한 분위기로 탈바꿈했다. 베어

멈춰! 이제 네 차례야

진 손가락, 우동 국물에 물든 지폐쯤은 아무것도 아니다. 그저 일상적으로 일어날 수 있는 작은 사고일 뿐이다.

실장실에서 나온 연 대리는 실장과 무슨 대화를 나누었는지 얼굴이 굳어져 있고, 그와 반대로 실장은 화색이 돌면서 악동같이 눈을 번들거렸다. 실장은 '우리 미쓰 최가…….' 그러면서 연 대리의 시선을 내 쪽으로 유도했고 그럴수록 연 대리는 수줍음을 타서인지 고개를 떨군다. 나는 실장의 태도가 못마땅해서 교정지만 뚫어지게 바라본다. 자연스럽게 둬도 될 것을 지나치게 과장하다 보면 남들 입에 오르내리기나 할 뿐이 아닌가. 게다가 저이는 수줍음을 많이 타는 성격인 것이다. 도망치듯 그이가 사무실을 빠져나가자 나는 무슨 일이든 할 수 있을 것 같은 자신감으로 가슴이 벅찼다. 그러나 사실을 말하자면 그이 생각에 교정지의 원고를 거의 읽을 수 없었다.

그런데 기절초풍할 노릇으로 연 대리는 퇴근 시간이 되어 다시 사무실에 들렀으며—하루에 두 번을 들리는 일은 거의 없었다 — 나에게 '차 한잔할 시간이 있느냐'고 사뭇 긴장된 얼굴로 묻는 것이다. 나는 떨리는 목소리로 대답하기 싫어서 고개를 끄덕였고 그를 따라 나서는 뒷모습을 바라보는 직원들의 탄성이 들리는 것 같아 여간 쑥스럽지 않았다.

내일 쏟아질 질문 공세에 뭐라고 답해야 할까.

연 대리는 역시 조심스럽고 수줍음이 많은 사람임에 틀림이 없다. 저녁식사를 할 시간인데도 그는 "만남다방. 이름이 좋군요" 하더니 사무실에서 가장 가까운 다방으로 들어갔다. 바로 옆에 분위기 좋은 레스토랑이 있는데 그 사실을 그는 미처, 어쩌면 너무 긴장을 해서 못 보았는지도 모르겠다. 첫 만남이야 누구든 실수투성이에 어설프기 마련이다. 우리는 공복인데도 커피를 시켜놓고 마주 앉았다.

"바쁘실 테니 간단히 말씀드리겠습니다. 실장님께 미쓰 최가 좋은 사람이며 곱게 자란 분이라는 말을 들었습니다. 다섯 살 때부터 실장님과 인연이 있었더군요."

나는 조용히 잔을 내려놓고 가방에서 손수건을 꺼내 꽃무늬 원피스에 떨어진 커피 자국을 살짝 덮는다. 미키마우스가 그려진 손수건인데, 복고적인 원피스 위에 얹으니 꼭 앞치마를 두른 것 같다.

멈춰! 이제 네 차례야

"저는 교수가 되었어야 할 사람이라고 실장님이 가끔 말씀하시죠. 고모가 살아있었다면요. 하지만 그건 고모나 실장님의 생각이구요. 저는 현모양처가 되어서……."

"저~ 제 처지를 좀 말씀드리겠습니다. 저는 그러니까 한마디로 트레이닝 중입니다. 삼촌이 자수성가하신 분이라 일에는 아주 혹독하고 엄격한 편입니다. 밑바닥에서부터 배워라. 밑바닥 사람들과 만나는 법부터 배워라. 그들이 너를 따르고 좋아할 때 성공할 수 있다. 삼촌이 입버릇처럼 하시는 말씀입니다. 경제 덕치주의라고나 할까요?"

나는 그의 고생스러움에 공감한다는 뜻으로 고개를 끄덕이며 그의 메마른 입술을, 수염이 덥수룩한 턱 주변을 바라본다. 그는 아직도 긴장이 풀리지 않은 것처럼 얼굴이 창백해 보인다. 나는 따끈한 커피를 그의 앞으로 밀어준다. 그는 '아 네' 그러면서 고개를 숙일 뿐 마시지는 않는다.

"제가 지나쳤다면 용서해주시기를 바랍니다. 저는 단지 바닥 사람들을 만나는 법을 터득하려고 노력했을 뿐입니다. 그것이 이런 오해를 불러올 줄은 정말 몰랐습니다."

'바닥 사람……?'

그는 오늘 실장의 태도를 보고서야 자신의 행동이 잘못되었다는 것을 깨달았으며 그런 경험도 트레이닝의 일부로 여기겠다, 앞으로는 가끔 만나겠지만 이런 사소한 일 때문에 얼굴 찌푸리지는 말자, 미쓰 최에게 맞는 사람이 나타나서 잘되길 바란다, 는 내용의 말을 하고 일어설 차비를 했다. 입도 대지 않은 커피가 식어 표면에 하얀 막이 생겼다. 나는 혼자 남겨진 여자의 처량함이 싫어서 정신없이 그의 뒤를 따라나왔고 곧장 차를 타고 사라지는 연 대리에게 손을 흔들어 주었다. 길 건너편에 퇴근하는 김 과장과 미스 강이 보인다. 미스 강은 입사한 지 일주일 만에 김 과장과 한 세트처럼 붙어 다니는 사이가 되었다. 정 과장과 미스 안은 인쇄소에서 곧장 퇴근한 것일까. 사무실 앞에서 서성대던 두 사람이 길을 건널 모양으로 횡단보도로 다가온다. 나는 재빨리 노선버스 뒤로 숨었다가 인파에 묻혀 버스에 올라탄다. 퇴근 무렵이라 차안은 몹시 붐볐다. 이 버스는 어디로 가는 것일까.

멈춰! 이제 네 차례야

"단발 스트레이트를 해서 이렇게."

미용사는 머리를 반으로 갈라 내 얼굴의 대부분을 덮도록 늘어뜨린 후 반을 접어 단발처럼 올려본다.

"그러면 언니. 얼굴도 반쪽으로 보이죠. 어때요? 단발 스트레이트로. 스트레이트는 찰랑찰랑이 생명이니까 영양을 좀 주고 갈색으로 살짝 브릿지를 넣는거야. 어머. 그러면 십 년은 젊어 보이겠다."

나는 머리 모양보다 그의 수염에 둘러싸인 입술이 만드는 매끄러운 아첨에 정신이 팔린다.

"손니임. 음료수 드시겠어요? 녹차, 커피, 콜라 있는데요."

젊은 아가씨가 다가와 묻는다. 나는 손을 내젓는다.

"아직 저녁을 안 먹었더니⋯⋯."

"어머. 배고프시겠다. 미스 기임. 언니 초코파이 좀 갖다드리세요. 우유하고, 언니 우유 괜찮죠?"

미용사는 고개를 갸웃하게 숙이면서 미소짓는다. 한쪽 귀에 달린 두 개의 링이 흔들린다. 나는 기분이 한결 좋아져서 미용사 말대로 해보기로 한다. 보조 미용사는 초코파이 한 개와 우유를 내오고 미용사는 머리를 숭덩숭덩 자른다.

"언니, 길이는 이 정도가 어때요?"

사실 부담스러운 길이였지만 미용사는 거의 다 잘라 놓은 상태다.

"초코파이 한 개 더 주세요."

보조 미용사는 초코파이를 하나 더 가져왔고 내가 먹고 잡지를 보는 동안 남자 미용사와 보조 미용사가 달라붙어 내 머리를 만졌다.

내가 좋아하는 것이 있다면 누군가에게 내 머리를 만지는 것이다. 물론 그 시간을 견디기 쉬운 것은 아니다.

누군가 내 머리를 만질 때 나는 돌아가신 고모가 생각난다. 고모는 나의 긴 머리를 따면서 더 없이 행복한 표정을 짓곤 했었다. 예쁘게 딸 수 없다고 슬퍼하다 결국 미장원에 데려가서 아주 짧은, 묶을 수도 딸 수도 없는 단발로 잘라버려서 나를 당황하게도 했지만, 고모가 나를 끔찍하게 사랑했다는 것은 사실일 것이다. 고모가 살아있었다면 난 정말 교수가 되었을까. 보조 미용사가 내 손톱을 손질하고 핑크빛 매니큐어를 칠한다. 어릴 때 입었던 원피스의 색깔과 어쩌면 저렇게 똑같을까. 머리에 핑크빛 리본을 달고 뛰어 놀면 고모는

멈춰! 이제 네 차례야

'우리 공주 어서 와라' 하면서 팔을 벌렸었다.

나는 고모의 품에 안긴 기분으로 눈을 감는다. 눈이 시큼하더니 눈물이 고인다. 교정을 보느라 피곤했던 것이 틀림없다. 내 눈은 과로로 지쳐있다.

잠이 들 것 같은 기분으로 눈을 감은 채 시간이 얼마나 지났을까. 머리에 차가운 액체가 쏟아지자 나는 그것이 우동 국물이라는 생각이 들어 자리에서 벌떡 일어나 머리를 털었다. 그 바람에 미용실은 일대 소란이 일었다. 내 머리에 중화제를 붓던 보조 미용사가 뒤로 나자빠지고 미용 기구가 담긴 삼단 수레가 쓰러지면서 바닥에는 가늘고 굵은 퍼머말이, 핀, 종이, 퍼머약, 영양제 등이 나뒹굴어 난장판이 된다. 누군가 데려온 아이가 큰소리에 놀라 악을 쓰며 운다. 미용사들이 모여들고 원장까지 나와 사태를 수습한다. 보조 미용사에게 자초지종을 들은 원장은 나에게 다가와 이렇게 말한다.

"놀라지 않으셨어요? 우리 직원이 아직 경험이 미숙해서 실수를 했어요. 이해해주세요. 죄송합니다."

나는 사실 그 정도 실수는 참을 수 있는 사람이다. 나는 그들을 탓할 만큼 불쾌하지 않았으므로 내가 앉아있던 자리에 앉으려고 쓰러진 의자 쪽으로 팔을 뻗는다. 그러자 원장이 재빨리 의자를 일으켜 놓아준다. 나는 기분이 산뜻해지고 몸이 가벼워졌다고 느낀다. 잠깐 눈을 붙인 것이 피로회복에 도움이 된 것 같다. 잠시 후 다른 보조 미용사가 내 머리에 중화제를 붓고, 약 십 분이 지나자 그녀는 능숙한 솜씨로 내 머리를 씻으며 머리 마사지를 한다.

"어머나, 너무 예쁘게 나왔다. 그죠. 언니. 얼굴이 조막만 해졌네에."

미용사는 수선을 피운다. 내가 보기에도 얼굴이 작아 보일 것은 확실해 보인다. 얼굴에서 보이는 부분이라고는 코뿐이니까.

출입구까지 따라 나와 서있던 미용사와 보조 미용사 일행은 내가 지갑을 꺼내어 계산을 할 때까지 기다렸다가 '안녕히 가세요'라고 소리 맞춰 인사를 한다. 나도 눈인사 정도는 해야 할 것 같아서 귀뒤로 머리를 넘기고 그들을 바라보자 보조 미용사가 깜짝 놀라며 말한다.

"어머. 캐시 베이츠랑 똑같다아."

그 순간 미용사의 얼굴이 창백하게 굳어지더니, "어

머, 언니 영화배우랑 닮았대요. 정말 좋겠다" 하고 너스레를 떨면서 내 팔을 잡고 계단을 내려간다. 나는 거의 끌려 내려오듯이 내려와서 그들의 융숭한 배웅을 받으며 버스정류장으로 향한다.

그 배우가 어디 나오더라? 이름은 들어본 것 같은데 얼굴이 잘 생각나지 않는다. 가다 멈추어서 쇼윈도에 비친 얼굴을 들여다본다. 깡똥한 머리에 비해 원피스가 지나치게 부풀어 보인다. 전체적으로 균형이 잡히지 않고 두루뭉술하게 보인다. 제대로 된 거울이 아니라서 그런 것 같다. 제대로 된 거울이 아니라서.

"사장이 그렇게 싸고도는데 어느 놈이 맘을 낼 수 있겠어. 보다보다 딱해서 하는 말이야. 여자는 입방아에 올랐다 하면 끝장이야. 서운하게 듣지 말고 처신을 잘해야 남자가 붙지. 처신을."

머리카락이 쏟아져서 된장 국물을 떠먹기 힘들다. 결국 앞으로 쏟아진 머리를 귀 뒤로 넘기고 만다. 이모식당 아주머니가 왜 저런 말을 하는지 알 수가 없다. 내가 입방아에 오를 행동을 언제 했기에 저렇게 흥분을 하느냐 말이다. 사람도 많은 데서.

나는 얼른 먹고 가려고 된장 국물을 푹푹 떠서 밥에 떠 넣고 쓱쓱 비벼 뚝딱 먹어치운다. 거스름돈을 받는 사이 아주머니는 또 그 타령이다.

"내 말 명심해서 들어. 다 미쓰 최가 딸 같고."

아주머니는 회환에 젖은 얼굴로 한숨을 내쉬더니 울음을 터트릴 것 같은 얼굴이 된다.

"내가 네 고모한테 빚진 것 같은 마음이 있어. 너 하나 잘 돼야 맘이 편할 것 같아서 이러는 거야."

이모집 아주머니는 내가 어릴 때부터 알고 자란 동네 사람이다. 그녀가 이름 아닌 미쓰 최라고 나를 부르기 시작한 것은 신신문화사에 취직한 다음부터였다. 그녀는 따질 듯이 손을 내 두른다.

"아니 어떡하고 다녔기에 직원들이 그런 이상한 말을 해. 연 대린가 하는 사람이 사장하고 미쓰 최하고 그렇고 그런 사이라는 걸 알고 꼬리를 감췄다며?"

그녀의 목소리가 너무 크기도 하거니와 소문의 내용을 듣고 나는 너무 놀라 숨이 탁 막힌다. 밥 먹던 사람들이 모두 나를 보고 있는 것 같다. 나는 아주머니 손에 쥐어진 칠천오백 원을 빼앗듯 받아 들고 신발은 대충 꿰어 신고 식당을 나온다. 이게 무슨 날벼락 같은 소문이란 말인가. 이모식당 안에 소문의 꼬리가 달려 있는 것 같아 나는 일단 식당에서 멀리, 가능하면 이 추잡스런 기분을 씻어낼 만한 상쾌한 곳을 찾아 무조건 걷는다.

사건의 전말을 추리해 보려했지만 세상의 모든 일이 통 속의 물감처럼 뒤섞여서 분별할 자신이 없다.

직원들이 실장과 나 사이를 의심한단 말인가? 연 대리가 그 소문을 듣고 누구에게서 그런 헛소문을? 실장은 연 대리에게 무슨 말을 했던 것일까?

나는 무서운 생각이 떠올라 걸음을 멈춘다.

실장이 자신에게 보여준 태도는 다른 여직원들을 대할 때와 확연히 달랐다. 지금까지는 단지 중년 남자의 추태려니 하고 지내다 이제 그것도 습관처럼 익숙해져 버렸다. 그러나 실장은 왜 나에게만 그렇게 친절한 것인가.

식은땀이 난다. 머릿속에 훤히 밝아지는 것 같다. 모든 것이 분명해진다. 실장은 나를 차지하고 싶어 했던 것이다. 아! 그 사실을 왜 몰랐던가? 서른이 다 되도록 단 한 명의 남자도 내게 접근하지 못하도록 실장이 십 년이나 막아온 것이다. 나를 놓아주지 않기 위해서. 그렇다면 연 대리도…….

나는 참을 수 없는 분노를 느낀다. 나의 사랑을 얻지 못하자 날 아무것도 할 수 없는 천덕꾸러기로 만들어 묶어놓다니. 내 인생을 망쳐놓다니.

나는 방향을 돌려 사무실을 향해 달린다. 실장의 따귀라도 한 대 갈겨야 화가 풀릴 것 같다. 나쁜 놈. 나쁜 놈. 사무실은 멀지 않다. 조금 달리자 숨이 턱에 차서 걸음을 늦추고 숨을 헐떡인다. 실장이 정 부장 등과 식사를 마치고 사무실로 들어서려 한다. 나는 있는 힘을 다해 달려가 실장의 낯짝에 주먹을 힘껏 날린다. 뻔뻔스럽게도 실장은 눈을 부라리며 화난 표정을 짓는 것이다. 나는 그 뻔뻔한 얼굴을 보자 욕이 튀어나온다.

"내 인생을 망쳐도 분수가 있지. 십 년 동안 날 가지고 놀아? 그러다 내가 늙으면 쓰레기처럼 버릴 작정이었지? 나쁜 놈!"

직원들은 입을 딱 벌리고 실장과 나를 번갈아 바라볼 뿐 누구 한 사람 말릴 엄두를 내지 않는다. 당연한 일이 아닌가. 그들은 현명하게도 진실을 알고 있었고 이제 올 것이 왔구나 하는 표정이다. 실장의 노기 띤 얼굴은 점차 일그러지더니 울 것같이 변했다. 인간의 양심이 살아있어서 제 잘못을 알고 있는 것이다. 그의 눈에 눈물이 고이기 시작한다. 그리고 떨리는 음성으로 양심의 소리를 흘린다.

"미안해요. 언젠가는 진실이 밝혀질 거라고 생각하고 있었어요. 하지만 나도 어쩔 수 없었다고. 사람 마음에 욕심이 생기면 그런 일을 저지를 수도 있는 것 아니겠어? 사실 나만한 놈도 없다구. 이 동네를 다 털어봐."

"듣기 싫어요."

놀랄 정도로 표독스러운 괴성이 목구멍에서 울컥 솟아 나왔다. 나는 눈물을 주체할 수 없이 쏟으며 공원으로 내달려간다. 뒤에서 날 부르는 실장의 목소리가 애절하기 짝이 없다.

"바보. 진작 말을 했어야지. 진작."

그의 목소리가 작아질수록 내 가슴속에는 그를 향한 그리움이 뭉클뭉클 솟는다. 이게 무슨 운명의 장난이란 말인가. 다른 남자도 아닌 유부남이라니……

몇 번을 생각해도 길은 하나뿐이다. 나는 최선의 선택을 해놓고 가슴이 미어져 이불을 끌어안는다. 이미 베개는 흠뻑 젖어있고 침대 아래는 눈물 젖은 티슈 뭉치가 빈틈없이 흩뿌려져 있다. 방구석에 동그랗게 뭉쳐진 티슈가 많은 까닭은 사랑의 몸짓을 알아보지 못한 나의 아둔함과 가혹하기 짝이 없는 운명의 신에 대한 화풀이로 벽을 향해 휴지 뭉치를 던진 탓이다.

그러나 이제와 운다고 해서 무엇이 달라지랴. 나는 이불을 걷어내고 앉아 있는 힘을 다해 코를 푼다. 얼마나 울었는지 코가 막혀서 숨도 쉴 수가 없는데다가 두통까지 지독하다. 오늘따라 고모 생각이 간절하다. 그렇게 현명하신 고모의 가르침을 오늘에야 깨닫다니 참으로 둔한 조카인 것이다.

아마도 그 '얼룩무늬타이즈' 사건이었을 것이다. 아홉 살배기 여자아이의 운명을 그 '얼룩무늬타이즈'에서 꿰뚫어보신 고모의 혜견은 놀랍다고밖에 할 수 없다.

그 타이즈가 얼룩무늬로 보인 것은 밤새 모기에 물려 생긴 붉은 반점이 타이즈 밖으로 비쳤기 때문이다. 멀리서부터 고모는 쟤가 어디서 얼룩무늬 스타킹을 얻어 신었나 궁금해하며 다가오다 사실을 알고 박장대소했다. 그리고 뼈있는 한마디를 했다.

"모기조차 너만 좋아하는구나. 유난히 사랑받는 운명이 있단다. 하지만 그런 운명은 그 사람을 괴롭히기도 하지. 다 네가 너무 사랑스러워서 그런 것이란다."

오늘까지도 고모의 음성이 또렷이 머릿속에 남아있다. 아니 오늘은 더욱 생생하고 웅장하기까지 하다. 운명의 신이 나를 노려보고 있기 때문이다. 울음을 참으려 했던 나는 솟구치는 눈물을 다시 한번 쏟아내고야만다. 그이가 옆에 있다면 좋을 것 같다. 원망하고 가슴을 치면서, 투정이라고 부릴 것이 아닌가. 그이를 향한 그리움이 뼛속까지 파고든다. 야속한 사람. 이런 고통스러운 밤을 십 년이나 견디면서 말 한마디 없었다니 이 둔한 양반 같으니. 불쌍한 사람, 아 그리운 사람.

이루어질 수 없는 사랑이니 이별해야 한다고 결심했다. 그러자 그간 나도 모르게 숨어있던 그를 향한 그리움이 폭포처럼 쏟아졌다.

운명의 신이 내 목을 조르는데도 새벽은 밝아온다. 나는 아침 식사도 거르고 일찍, 십 년의 직장생활에 유래없이 한 시간이나 일찍 나가서 사직서를 작성한다.

〈개인적인 사정으로 사직하게 되었으니 허락하여 주십시오〉

사직서 위로 눈물이 뚝 떨어진다. 허둥대며 서류함 위에 놓인 휴지를 집어드는데 무엇인가 따라 떨어진다. 저것은, 저것은 민식과 우동을 먹던 날 국물이 밴 이천오백 원. 그것을 보자 나는 그날이 운명적 시련을 알리는 날이었다는 생각이 들어 또 눈물이 쏟아진다. 나는 사직서를 실장실에 올려다 놓고 내려와 가슴이 시원해질 때까지 울어볼 작정으로 앉아있다가 모든 사람에게 사랑받는 운명을 저주하겠다는 앙심이 생겨나 이를 악물고 짐을 꾸린다. 사십구 년을 홀로 멋지게 살다 가신 고모처럼 나도 그렇게 살면 된다. 할 수 있다. 할 수 있다. 나는 심호흡을 하며 최면을 걸듯이 중얼거린다.

그러나 직원들이 출근하자 나는 또 눈물을 쏟았고 사직서를 읽었는지 실장은 다급한 목소리로 나를 불렀다.

"우리가 이렇게 끝내서는 안 된다고 봐요. 며칠만 참아줘요. 힘들어도. 부탁해요."

라고 말해 또 나를 울린다. 하지만 나도 물러설 수는 없다. 진정 그를 사랑한다면 내가 떠나야 하는 것이다.

"여기서 끝내요. 미안하다느니 그런 생각은 하지 말

구요. 실장님이 지난 십 년간 고통스러웠다는 거 저도 알고 있어요."

실장은 내 말을 듣더니 구겨진 종이가 펴지듯 얼굴이 밝아진다.

"그 말이 진심이에요? 밋쓰 최?"

그의 기뻐하는 표정에 나는 그의 마음을 알 수 없게 되어 혼돈에 빠진다. 하지만 곧 고개를 끄덕인다. 자신의 진심을 내가 알아줬다는 사실에 그는 기뻐하고 있는 것이다.

그는 평소의 우렁찬 소리로 말한다.

"밋쓰 최, 내 마음을 알아주다니 참 고마워요. 그렇다면 며칠만 기다려줘요. 내가 서운하지 않게 해줄 테니까. 자. 약속입니다. 며칠만 기다려주세요."

그는 솥뚜껑만 한 손에 달린 땅콩 같은 새끼손가락을 내밀며 반질거리는 얼굴에 애교 띤 미소를 짓는다. 나는 그의 사랑스런 모습에 그만 웃음을 터트리고 만다. 그 소리를 시작으로 우리 둘은 경쟁이라고 하듯이 큰소리로 눈물이 나올 때까지 허리를 부여잡고 통쾌하게 웃는다. 진작에 이랬어야 했다. 진작에…… . 우리 서로는 이렇게 좋아했던 것을.

직원들이 모두 퇴근하도록 나는 자리를 지키고 있다. 실장은 오전에 변호사 사무실에 전화를 하더니 점심 약속이 있다고 나가서 들어오지 않는다. 그가 없는 사무실을 나라도 지켜야 한다는 사명감 같은 것이, 아니 어쩌면 곧 떠나야 할 사람에 대해 최대한 배려하려는 마음일 수도 있다. 짐 정리는 간단했다. 개인 짐이야 가방으로도 하나 될까말까 하니까. 가장 처리하기 힘든 짐은 우동 국물이 묻었던 이천오백 원이었다. 그런데 고맙게도 껌 파는 할머니가 와서 나는 그 돈을 모두 할머니에게 줬다. 다른 이유는 없었다. 그저 그렇게 하고 싶었다. 없는 사람에 대한 배려랄까. 그런 자애심은 고모에게서 배운 것일 수도 있다. 학교에서 불우이웃돕기를 하면 언제나 내가 반에서 제일 많이 내곤 했다.

〈있는 사람은 없는 사람을 도와야 한다〉 그것이 이모의 믿음이었다. 그리고 아랫사람을 거느릴 사장의 부인이라면 이런 덕을 갖추어야……. 어머. 내가 무슨 생각을. 그럴 리가 없다. 실장이 변호사를 만나러 간 것이 이혼을 하기 위한 것이라고 단정할 수야 없잖은가. 단지 나 때문에 그이가 그런 희생을 치를 필요가 있을

멈춰! 이제 네 차례야

까. 그런 생각을 하자 심장이 요동을 치는 바람에 나는 냉수를 마시러 정수기 쪽으로 걸어간다. 눈앞이 아찔하고 기운이 빠진다. 그러나 이상할 정도로 몸이 가볍게 느껴진다. 아니, 마음이 가벼워졌다는 편이 더 맞는 얘기일 수도 있다. 서로의 진심을 확인한 가련한 연인의 마음이 이렇게 텅 비지 않을 수 있겠는가. 그렇게 기뻐하는 실장의 얼굴은 십 년 만에 처음 보는 것이었다.

나는 다시 자리로 돌아와 생각을 정리해본다. 그이처럼 솔직하고 순진한 사람이라면 충분히 그런 무모한 일을 저지를 수도 있지 않을까? 무엇보다도 우리의 사랑은 이미 걷잡을 수 없는 지경인지도 모른다. 십 년을 표 내지 않고 다듬어온 사랑이라니 얼마나 아름답고 숭고한가.

아!

나는 얼굴을 감싸고 엎드린다.

기뻐하는 우리의 모습과 손가락질하는 사람들의 모습이 겹쳐지면서 다시 혼돈에 빠진 것이다. 나는 누군가 의논할 사람이 필요하다는 생각을 한다. 누가 있을까. 우리 두 사람을 잘 알고 엄마같이 조언해줄……

나는 이모식당 아주머니를 생각하고 기쁨에 들뜬다. 그녀라면 내가 다섯 살 때부터, 실장이 이 마을에 들어온 시기부터 알고 지내던 토박이다. 게다가 그녀는 나를 조카같이 생각한다 하지 않았던가. 고모에게 빚진 마음을 가지고 있어서 내가 잘되기만 바란다고.

나는 자리를 박차고 나와 이모식당으로 향한다. 엊그제의 무례도 사과할 겸 이모식당 아주머니와 속내를 털어놓고 얘기하고 싶어 발걸음이 빨라진다. 신신문화사와는 한 집 건너 있으므로 숨도 한번 돌리기 전에 나는 이모식당 손잡이를 쥔다. 문을 열려다 말고 나는 익숙한 목소리에 걸음을 멈춘다.

"이 동네 사람 중에 걔 고모한테 빚 없는 사람이 어디 있었어? 새벽부터 밤까지 집집마다 다니면서 일수 도장 찍느라 바빴잖아요. 한 집이라도 거르는 집이 없었다니까. 구 사장. 그러니까 혼자만 너무 양심에 가책을 받지 말어. 솔직히 나도 그때 돈으로 한 삼백 정도 빚졌다구."

이모식당에는 실장이 먼저 와 있었다. 아주머니는 잔을 비우더니 카아 소리를 내며 손으로 입술을 쓱 닦고 잔을 실장에게 돌린다.

멈춰! 이제 네 차례야

실장은 죄인처럼 고개를 떨구고 있다가 소주 한 잔을 단숨에 비우더니 사약이라고 먹은 사람처럼 오만상을 찌푸린다. 마른오징어 다리를 우악스럽게 비틀어 찢더니 반토막을 이 사이에 넣고 뚝 자른다.

"오늘 변호사 만나러 갔었어요. 퇴직금도 얼마 줄 수 없고 하니, 걔 고모 재산을 일부라고 찾아주려고요. 그런데 이놈에 법이 증거가 없으면 살인도 무죄라. 그런데다 십 년이나 지난 일이라 불가능하다는 겁니다. 그 재산에 십 분지 일만 찾아도 밋쓰 최가 평생 먹고 살만큼은 될 겁니다. 이 동네만 몇 억 깔렸어요. 그건 내가 알아요. 그때 장사한다고 설치던 놈들 중에 일이천 안 쓴 놈 없고, 오천 자리도 수두룩했다구요. 그런 놈들이 벼락맞아 죽을 일이지. 걔 고모가 교통사고로 죽자 부좃돈 일이만 원 내고 그걸로 끝입다. 주정뱅이 동생도 같이 죽었으니 이제 그 돈은 내 거다 한 거죠. 사실 나도……. 나도 똑같은 도둑놈입니다. 나도 그런 심뽀였다니까요. 난 죽일 놈입니다. 죽일 놈."

"아유, 그런 소리 말어. 쟤 고등학교 등록금 대주고 십 년이나 월급 줘가며 살게 해준거면 빚 다 갚은 거여. 그리고 걔 고모하고 아버지 장례도 자네가 다 치뤘

잖은가. 걔 고모가 워낙 인정머리없이 지독했잖어. 십만 원 가지고 패악 떠는 거 보고 정 떨어지지 않은 사람 있겠어? 그런 거 생각하면 자네가 성인군자여. 자네가 죽을 놈이면 이 세상에 살 놈이 없네. 없어."

이모집 아주머니는 손목이 부러져라 내둘렀다. 나는 다리가 후들거려서 문고리를 잡은 채 조용히 주저앉는다. 실장이 상에 엎드려서 끅끅대며 울기 시작한다.

"그게 안됩니다. 그게 안 돼요. 밋쓰 최가 시집을 가야 내가 맘 편히 살 것 같은데 어떻게 된 일인지 남자가 붙질 않는 겁니다. 내가 별짓을 다하고 별 좋은 소리를 다하고 다녀도 사내놈들이…… 오죽하면."

실장은 눈물이 범벅이 된 얼굴을 이모집 아주머니에게 가까이 댄다.

"연 대리란 놈한테 밋쓰 최하고 결혼하면 내가 아파트를 사주지는 못해도 전세는 얻어주겠다고까지 했는데 그놈이 달아나냐 말이에요."

이모집 아주머니는 고개를 끄덕이며 오징어를 쭉 찢어 고추장에 푹 찍는다. 실장은 작고 빨간 눈을 굴리며 대들 듯이 언성을 높인다.

"그런데다 걔가 술주정뱅이 지 애비를 닮아서 빈대

멈춰! 이제 네 차례야

기질이 있는지 대충 출퇴근만 하면서 돈만 받아가는 겁니다. 젊은 애가 왜 그럴까요? 지가 열심히만 하면 내가 과장이고 부장이고 왜 안 시켜 주겠어요. 십 년을 일해도 할 줄 아는 게 커피 타는 거 하고, 복사하는 거밖에 없다구요. 지가 무슨 교수가 됐을 거라고 콧대는……. 기가 막혀서."

"아이구 그려. 걔가 미욱하고 이쁜 구석은 없지. 여우는 데리고 살아도 곰허고는 못산다잖여. 남자 눈에 들려면 돈이래도 많거나 아니면 지가 열심히 일해서 살 생각을 해야는데, 지 애비 피가 흘러서 그 모양이네 그려."

"아이구 지 애비만 닮았나요?"

실장이 상을 꽝 두들기는 바람에 소주병이 넘어진다. 아주머니가 억쿠 그러더니 재빨리 세우고 행주를 집어온다. 쏟아진 술을 닦고 이미 비운 소주 세 병을 치우자 실장은 빈정거리기 시작한다.

"걔가 고상한 척하는 건지 고모하고 똑같아요. 걔 고모가 금테 안경 쓰고 저쪽에서 걸어 내려오는 걸 볼 때마다 내가 무슨 생각을 했는지 알아요? 곰한테 옷을 입혀도 저것보다는 낫겄다. 걔 고모를 보고 나면 세상 여자가 다 이뻐보이더라구요. 낄낄낄."

나는 잡고 있던 손잡이를 놓고 일어서 횡단보도 쪽으로 걷는다. 빨간 신호등이 선명하다.

아직은 여름일 텐데 벌써 이렇게 어두워지다니.

나는 땀을 흘리고 싶지 않아서 천천히 걸어 올라간다. 오 분 거리의 집이 오늘은 십 리 길같이 멀다.

아버지가 술에 취해 쓰러져 있던 길은 내가 지난 십년을 건너다닌 그 사 차선 도로였다. 쓰러진 아버지를 일으키느라 매달려 있던 고모까지 갑자기 달려든 트럭에 치였다고 한다. 나는 그때 고모가 새로 사 준 일제 홈 비디오로 강아지를 찍고 있었다. 두 사람을 기다리다 잠든 내가 그들을 만난 것은 다음날 아침 병원 영안실에서였다. 나는 그때 일이 잘 기억나지 않는다. 기억나는 것은 오직

"모든 사람에게 사랑받는 운명을 타고난 사람이 있단다. 그건 바로 너야. 그러나 그 운명이 너를 괴롭히기도 하지."

이상스러울 만치 고모의 음성만은 생생해서 늘 곁에서 듣는 것 같다. 지금도 살아서 말하는 것처럼 또렷이 들려온다. 집에 드디어 도착했다. 나는 숨이 막힐 것

멈춰! 이제 네 차례야

같아서 속옷까지 벗어 던지고 침대 위에 쓰러진다.

고모의 음성이 생생하다.

"모든 사람이 널 사랑한다는 것은 모기조차 네 피만 좋아하는 걸 보아도 알 수 있잖니. 모기조차 네 피만."

후텁지근한 공기를 흔드는 모기의 날갯짓이 느껴진다. 그들은 내 피만 좋아한다. 내 피만.

멈춰!
이제 네 차례야

1쇄 발행일 | 2022년 4월 25일

지은이 | 홍수정
펴낸이 | 정화숙
펴낸곳 | 개미

출판등록 | 제313-2001-61호 1992. 2. 18
주소 | (04175) 서울시 마포구 마포대로 12, B-103호(마포동, 한신빌딩)
전화 | (02)704-2546
팩스 | (02)714-2365
E-mail | lily12140@hanmail.net

ⓒ 홍수정, 2022
ISBN 979-11-90168-46-5 03810

값 15,000원